U0165605

應用外語 01

平成式 日本語學習

第三版

謝凱雯 陳志坪 / 著

N5

五南圖書出版公司 印行

＊目　次＊

Unit 0 日本語の発音

一、日語的文字由來

日文是先有語言再有文字的語言，而在目前的日語裏所使用的文字有漢字、平假名、片假名和羅馬字等四種文字。漢字：是在奈良時期由中國傳入，在日語裏表意。平假名：在平安時代利用中國的漢字的形體，再加以創造出來音節文字，表音。片假名：也是由漢字的楷書取出符合聲音的漢字，再取其邊、蓋並加以簡化。使用在外來語，如外國地名、國名、人名或特殊語彙、擬聲語、擬態語或做區別其他時等，皆用片假名表示。羅馬字：一般的文章裏很少使用羅馬字，但在車站的名字都會加用羅馬字去表音，以便指示非漢字圈的人發音，達到推展國際化的國家。例如：

平成	漢字
へいせい	平假名
ヘイセイ	片假名
heisei	羅馬字

二、日文的學習方法

在漢字的學習上，首先以中文的基礎去了解文字的形、音、義。平假名的[平]字即是代表著沒有角、草書之文字，學習時要注意其筆順之正確，發音時用羅馬拼音的音標符號。羅馬拼音去學習假名的發音。片假名先了解原本的語源所發的音，在日語裏的意思爲何，有時會有與原語源的意思不同，或僅是與原語有些關連意思而已。

1

三、平假名

1. 清音　平假名的清音與片假名的清音在發音上完全相同，只是寫法上不同。結構爲五段十行，所以簡稱五十音，而事實上只有四十六個音。在發音時每一個假名都代表著一[拍]。

請聽檔案1

あ a	か ka	さ sa	た ta	な na	は ha	ま ma	や ya	ら ra	わ wa	ん n
い i	き ki	し shi	ち chi	に ni	ひ hi	み mi		り ri		
う u	く ku	す su	つ tsu	ぬ nu	ふ fu	む mu	ゆ yu	る ru		
え e	け ke	せ se	て te	ね ne	へ he	め me		れ re		
お o	こ ko	そ so	と to	の no	ほ ho	も mo	よ yo	ろ ro	を o	

2. 平假名的漢字源

あ 安	か 加	さ 左	た 太	な 奈	は 波	ま 末	や 也	ら 良	わ 輪	ん 無
い 以	き 幾	し 之	ち 知	に 仁	ひ 比	み 美	い 以	り 利		
う 宇	く 久	す 寸	つ 川	ぬ 奴	ふ 不	む 武	ゆ 由	る 留		
え 衣	け 計	せ 世	て 天	ね 稱	へ 部	め 女	え 衣	れ 礼		
お 於	こ 己	そ 曾	と 止	の 乃	ほ 保	も 毛	よ 與	ろ 呂	を 遠	

3. 清音的筆順練習

あ
a
あ あ あ

い
i
い い い

う
u
う う う

え
e
え え え

お
o
お お お

か	か か か						
ka							

き	き き き						
ki							

く	く く く						
ku							

け	け け け						
ke							

こ	こ こ こ						
ko							

さ	_ささ	さ	さ	さ					
sa									

し	し	し	し	し					
shi									

す	す	す	す	す					
su									

せ	せ	せ	せ	せ					
se									

そ	そ	そ	そ	そ					
so									

練習1）単語（單字）　　　　　　　　　　　　　◎ 請聽檔案2

平假名	漢字	發音	中文
あし	足 (あし)	(ashi)	腳
いえ	家 (いえ)	(ie)	家
うえ	上 (うえ)	(ue)	上面
えき	駅 (えき)	(eki)	車站
おか	丘 (おか)	(oka)	山丘
かお	顔 (かお)	(kao)	臉
き	木 (き)	(ki)	樹
くさ	草 (くさ)	(kusa)	草
けさ	今朝 (けさ)	(kesa)	今天早上
こえ	声 (こえ)	(koe)	聲音
かさ	傘 (かさ)	(kasa)	傘
しお	塩 (しお)	(shio)	鹽
すし	寿司 (すし)	(sushi)	壽司
あせ	汗 (あせ)	(ase)	汗
うそ	嘘 (うそ)	(uso)	說謊、謊言

6

た	ーナ ナた た	た	た	た						
ta										

ち	ーち ち	ち	ち	ち						
chi										

つ	つ	つ	つ	つ						
tsu										

て	て	て	て	て						
te										

と	ヽと と	と	と	と						
to										

な	な	な	な	な				
na								

に	に	に	に	に				
ni								

ぬ	ぬ	ぬ	ぬ	ぬ				
nu								

ね	ね	ね	ね	ね				
ne								

の	の	の	の	の				
no								

は	は は は						
ha							

ひ	ひ ひ ひ						
hi							

ふ	ふ ふ ふ						
fu							

へ	へ へ へ						
he							

ほ	ほ ほ ほ						
ho							

練習2）単語（單字）

平假名	漢字	發音	中文
たこ	章魚 (たこ)	(tako)	章魚
くち	口 (くち)	(kuchi)	嘴巴
つくえ	机 (つくえ)	(tsukue)	書桌
て	手 (て)	(te)	手
とけい	時計 (とけい)	(tokei)	時鐘
なつ	夏 (なつ)	(natsu)	夏天
にく	肉 (にく)	(niku)	肉
いぬ	犬 (いぬ)	(inu)	狗
ねこ	猫 (ねこ)	(neko)	貓
ぬの	布 (ぬの)	(nuno)	布
はこ	箱 (はこ)	(hako)	箱子
ひこうき	飛行機 (ひこうき)	(hikouki)	飛機
ふね	船 (ふね)	(fune)	船
へた	下手 (へた)	(heta)	不擅長
ほし	星 (ほし)	(hoshi)	星星

ま
ma
一 二
ま　　ま　ま　ま

み
mi
みみ　　み　み　み

む
mu
む　　む　む　む

め
me
め　　め　め　め

も
mo
も　　も　も　も

や	や や や や					
ya						

ゆ	ゆ ゆ ゆ ゆ					
yu						

よ	よ よ よ よ					
yo						

ら
ra
`ら　ら　ら　ら

り
ri
り　り　り　り

る
ru
る　る　る　る

れ
re
れ　れ　れ　れ

ろ
ro
ろ　ろ　ろ　ろ

わ wa	｜ わ わ	わ	わ	わ					

を o	｢ を を	を	を	を					

ん n	ん	ん	ん	ん					

☆平成知恵袋
(へいせいち　え　ぶくろ)

以下的平假名寫法很相似，請小心區別。

く ⇔ し	ぬ ⇔ ね
す ⇔ む	わ ⇔ れ
き ⇔ さ	い ⇔ り
は ⇔ ほ	こ ⇔ に
る ⇔ ろ	へ ⇔ て

練習3）単語（單字）　　　　　　　　　　　　　　　　💿 請聽檔案2

平假名	漢字	發音	中文
まえ	前（まえ）	(mae)	前面
みせ	店（みせ）	(mise)	店、店舖
むね	胸（むね）	(mune)	胸、胸口
めいし	名刺（めいし）	(meishi)	名片
もも	桃（もも）	(momo)	桃子
やま	山（やま）	(yama)	山
ゆき	雪（ゆき）	(yuki)	雪
よる	夜（よる）	(yoru)	夜晚
とら	虎（とら）	(tora)	老虎
とり	鳥（とり）	(tori)	鳥
くるま	車（くるま）	(kuruma)	車子
しつれい	失礼（しつれい）	(shitsurei)	失禮、對不起
しろ	白（しろ）	(shiro)	白色
わに	鰐（わに）	(wani)	鱷魚
ほん	本（ほん）	(hon)	書

練習4）単語（單字）

◎ 請聽檔案2

1. tako	(	)	**9. sakura**	(	)
2. toyota	(	)	**10. yukata**	(	)
3. oishii	(	)	**11. mitsukoshi**	(	)
4. kimochi	(	)	**12. nihon**	(	)
5. sushi	(	)	**13. okinawa**	(	)
6. yamaha	(	)	**14. yokohama**	(	)
7. misoshiru	(	)	**15. ōsaka**	(	)
8. sashimi	(	)		

4. 濁音・半濁音

◎ 請聽檔案3

が ga	ざ za	だ da	ば ba	ぱ pa
ぎ gi	じ ji	ぢ ji	び bi	ぴ pi
ぐ gu	ず zu	づ zu	ぶ bu	ぷ pu
げ ge	ぜ ze	で de	べ be	ぺ pe
ご go	ぞ zo	ど do	ぼ bo	ぽ po

5. 濁音・半濁音的筆順練習

が ga					
ぎ gi					
ぐ gu					
げ ge					
ご go					

ざ za								
じ ji								
ず zu								
ぜ ze								
ぞ zo								

だ da								
ぢ ji								
づ zu								
で de								
ど do								

練習5）単語（單字）

◎ 請聽檔案4

平假名	漢字	發音	中文
がくせい	学生 (がくせい)	(gakusei)	學生
ぎんこう	銀行 (ぎんこう)	(ginkou)	銀行
かぐ	家具 (か ぐ)	(kagu)	傢俱
げんき	元気 (げん き)	(genki)	健康
ごはん	ご飯 (はん)	(gohan)	飯
はいざら	灰皿 (はいざら)	(haizara)	煙灰缸
じかん	時間 (じ かん)	(jikan)	時間
みず	水 (みず)	(mizu)	水
かぜ	風邪 (か ぜ)	(kaze)	感冒
かぞく	家族 (か ぞく)	(kazoku)	家人
くだもの	果物 (くだもの)	(kudamono)	水果
ちぢむ	縮む (ちぢ)	(chijimu)	縮小
こづつみ	小包 (こづつみ)	(kozutsumi)	包裹
でんわ	電話 (でん わ)	(denwa)	電話
まど	窓 (まど)	(mado)	窗戶

ば ba							
びbi							
ぶ bu							
べ be							
ぼ bo							

ぱ pa							
ぴ pi							
ぷ pu							
ぺ pe							
ぽ po							

練習6）単語（單字）

🖸 請聽檔案4

平假名	漢字	發音	中文
かばん	鞄	(kaban)	皮包
えび	海老	(ebi)	蝦子
しんぶん	新聞	(shinbun)	報紙
べんとう	弁当	(bentou)	便當
おしぼり	お絞り	(oshibori)	擦手巾
しんぱい	心配	(shinpai)	擔心
えんぴつ	鉛筆	(enpitsu)	鉛筆
てんぷら	天麩羅	(tenpura)	天婦羅
ぺたんこ		(petanko)	壓扁扁
さんぽ	散歩	(sanpo)	散步

練習7）単語（單字）

🖸 請聽檔案4

1. maguro （　　　　　）　6. yamada （　　　　　）

2. baka （　　　　　）　7. suzuki （　　　　　）

3. tenpura （　　　　　）　8. honda （　　　　　）

4. wasabi （　　　　　）　9. mitsubishi （　　　　　）

5. udon （　　　　　）　10. fujisan （　　　　　）

6. 拗音

請聽檔案5

きゃ	しゃ	ちゃ	にゃ	ひゃ	みゃ	りゃ	ぎゃ	じゃ	ぢゃ	びゃ	ぴゃ
kya	sha	cha	nya	hya	mya	rya	gya	ja	ja	bya	pya
きゅ	しゅ	ちゅ	にゅ	ひゅ	みゅ	りゅ	ぎゅ	じゅ	ぢゅ	びゅ	ぴゅ
kyu	shu	chu	nyu	hyu	myu	ryu	gyu	ju	ju	byu	pyu
きょ	しょ	ちょ	にょ	ひょ	みょ	りょ	ぎょ	じょ	ぢょ	びょ	ぴょ
kyo	sho	cho	nyo	hyo	myo	ryo	gyo	jo	jo	byo	pyo

7. 拗音的筆順練習

きゃ kya					
きゅ kyu					
きょ kyo					

しゃ sha					
しゅ shu					
しょ sho					

ちゃ cha								
ちゅ chu								
ちょ cho								

にゃ nya								
にゅ nyu								
にょ nyo								

ひゃ hya								
ひゅ hyu								
ひょ hyo								

みゃ mya								
みゅ myu								
みょ myo								

りゃ rya									
りゅ ryu									
りょ ryo									

ぎゃ gya									
ぎゅ gyu									
ぎょ gyo									

じゃ ja									
じゅ ju									
じょ jo									

ぢゃ ja									
ぢゅ ju									
ぢょ jo									

びゃ bya								
びゅ byu								
びょ byo								

ぴゃ pya								
ぴゅ pyu								
ぴょ pyo								

<ruby>早口言葉<rt>はやくちことば</rt></ruby>　〈繞口令〉

NAMAMUGI NAMAGOME NAMATAMAGO
なまむぎなまごめなまたまご。　（生麥、生米、生雞蛋）

NIWANIWANIWANIWATORIGA I MASU
にわにはにわにわとりがいます。　（院子裏有兩隻雞）

A KAMAKIGAMI　　A O MAKIGAMI　KIMAKIGAMI
あかまきがみ、あおまきがみ、きまきがみ。　（紅卷紙、藍卷紙、黃卷紙）

25

練習**8**）単語（單字）

平假名	漢字	發音	中文
きゃく	客_{きゃく}	(kyaku)	客人
きゅうり	胡瓜_{きゅうり}	(kyuuri)	小黃瓜
とうきょう	東京_{とうきょう}	(toukyou)	東京
しゃしん	写真_{しゃしん}	(shashin)	照片
しゅみ	趣味_{しゅみ}	(shumi)	興趣
しやくしょ	市役所_{しやくしょ}	(shiyakusho)	市公所
おちゃ	お茶_{ちゃ}	(ocha)	茶
ちゅうごく	中国_{ちゅうごく}	(chuugoku)	中國
ちょう	蝶_{ちょう}	(chou)	蝴蝶
こんにゃく	蒟蒻_{こんにゃく}	(konnyaku)	蒟蒻
にゅういん	入院_{にゅういん}	(nyuuin)	住院
ひゃくえん	百円_{ひゃくえん}	(hyakuen)	一百元
じょうず	上手_{じょうず}	(jouzu)	擅長
びょういん	病院_{びょういん}	(byouin)	醫院

早口言葉_{はやくちことば} 〈繞口令〉

TONARINOK Y AKUWAYOKUKAKIKU U K Y AKUDA
となりのきゃくはよくかきくうきゃくだ。

（隔壁的客人是個常吃柿子的客人。）

BO U ZUGABYO U BUNIJYO U ZUNIBO U ZUNO E O KA I TA
ぼうずがびょうぶにじょうずにぼうずのえをかいた。

（小和尚技巧性地在屏風上畫了小和尚的畫。）

8. 撥音（ん）

撥音（ん）不能單獨發音，必須與之前的假名一起發音，唸兩拍。

例如：　　　　　　　　　　　　　　　　　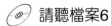　請聽檔案6

えんぴつ	（鉛筆）
みんな	（大家）
たんす	（衣櫃）
せんせい	（老師）
にほん	（日本）
たいわん	（台灣）
しんかんせん	（新幹線）
たいへん	（糟糕、很…）

はやくちことば
早口言葉　〈繞口令〉

BIYOUIN　BYOUIN　OMOCHIYA　OMOCHA
びょういん、びょういん、おもちや、おもちゃ。

　　　　　　　　　　　　　　　（美容院、醫院、糕餅店、玩具。）

9. 促音

　　促音「っ」在寫法上是「つ」的四分之一之大小，在發音時發一拍之停頓音。

例如：

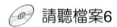請聽檔案6

もっと	きっと	いっしょに	ちょっと
がっこう	きって	きっぷ	きっさてん

はやくちこと ば
早口言葉　〈繞口令〉

TO U KYO U TO K KYO KYO KA KYOKU
とうきょうとっきょきょかきょく。　　（東京專利許可局）

KONOKONAKANAKAKATAKANAKAKENAKA T TANA　NAKANAKA T TAKANA
このこなかなかかたかなかけなかったな、なかなかったかな。

　　　　　　（這孩子不怎麼會寫片假名，不知道有沒有哭。）

10. 長母音

あ	か	さ	た	な	は	ま	や	ら	わ	が	ざ	だ	ば	ぱ	＋あ
い	き	し	ち	に	ひ	み		り		ぎ	じ	ぢ	び	ぴ	＋い
う	く	す	つ	ぬ	ふ	む	ゆ	る		ぐ	ず	づ	ぶ	ぷ	＋う
え	け	せ	て	ね	へ	め		れ		げ	ぜ	で	べ	ぺ	＋い、え
お	こ	そ	と	の	ほ	も	よ	ろ		ご	ぞ	ど	ぼ	ぽ	＋う、お

當あ段的假名後面加上あ時，い段的假名後面加上い時，う段的假名後面加上う時，え段的假名後面加上い、え時，お段的假名後面加上う、お時，其讀法是把前面的音拉長唸兩拍。

例如：　　　　　　　　　　　　　　　　　　　　✐ 請聽檔案6

ア段	おかあさん	（媽媽）
	おばあさん ⇔ おばさん	（奶奶⇔阿姨）
イ段	おにいさん	（哥哥）
	おじいさん ⇔ おじさん	（爺爺⇔叔叔）
ウ段	たいふう	（颱風）
	すうじ	（數字）
	ゆうき	（勇氣）
エ段	えいご	（英文）
	おねえさん	（姐姐）
	へいや	（平野）
オ段	おとうさん	（爸爸）
	こうこう	（高中）
	そうです	（是的）

29

練習9）会話練習　　　　　　　　　　　　　　💿 請聽檔案7

1. あいさつ（打招呼）

O HAYO U GOZA I MASU
おは<u>よ</u>うございます。（早安）

KO N NICHIWA
こんにちは。（午安）

KO N BA N WA
こんばんは。（晩安）

2. 自己紹介（自我介紹）

HA JI MEMASHI TE
はじめまして。（初次見面）

WATASHIWA　　　　　　 DESU
わたしは_____です。（我是_____）

DO U ZO　 YOROSHIKU　 O NEGA I SHIMASU
<u>ど</u>うぞ　よろしく　おねがいします。（請多指教）

3. 日常会話（日常會話）

I T TEKIMASU
いってきます。　（我出門了）

I T TERA S SHA I
…いってらっしゃい。　（慢走）

TADA I MA
ただいま。　（我到家了）

O KA E RINASA I
…おかえりなさい。　（你回來了）

DO U ZO
<u>ど</u>うぞ。　（請）

I TADAKIMASU
…いただきます。　（我接受了，我開動了）

DO U MO A RIGATO U GOZA I MASU
<u>ど</u>うもありがとうございます。　（非常謝謝）

I I E　 DO U I TASHIMASHITE
…いいえ、<u>ど</u>ういたしまして。　（不！不客氣）

30

11. 日本語標準語調（アクセント）

　　日本語的語調是屬於高低之語調，而中國語、英語則屬於輕重之語調。其日本語語調之表示方法如下：

* ①號音

　　代表第1音節唸高音，第2音節以後唸低音。

　　標記如 ほ｜んだな（書架）、ほ｜んしゃ（總公司）的字彙，

　　其唸法爲

* ②號音

　　代表第1音節唸低音，第2音節唸高音，第3音節以後唸低音。

　　標記如 あな｜た（你）　ひこ｜うき（飛機）的字彙，

　　其唸法爲

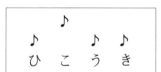

* ③號音

　　代表第1音節唸低音，第2、3音節唸高音，第4音節以後唸低音。

　　標記如 げんき｜ん（現金）、　えいが｜かん（電影院）的字彙，

　　其唸法爲

* ⓪號音

　　代表第1音節唸低音，第2音節以後唸高音。但接連助詞如「は」時，「は」唸高音。

　　標記如 わたし（我）、あそこ（那裏）的字彙，

　　其唸法爲
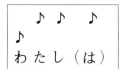

12. 數字

請聽檔案8

0 …ゼロ・れい	6 …ろく
1 …いち	7 …なな・しち
2 …に	8 …はち
3 …さん	9 …きゅう・く
4 …よん・し	10 …じゅう
5 …ご	

 いち
 に
 さん
 よん・し
 ご

 ろく
 なな・しち
 はち
 きゅう・く
 じゅう

11 …じゅういち	20 …にじゅう
12 …じゅうに	30 …さんじゅう
13 …じゅうさん	40 …よんじゅう
14 …じゅうよん・じゅうし	50 …ごじゅう
15 …じゅうご	60 …ろくじゅう
16 …じゅうろく	70 …ななじゅう・しちじゅう
17 …じゅうなな・じゅうしち	80 …はちじゅう
18 …じゅうはち	90 …きゅうじゅう
19 …じゅうきゅう・じゅうく	100 …ひゃく

練習12）聽力練習　　　　　　　　　　　　　　　💿 請聽檔案9

例：（11）

a（　　）　　　　　b（　　）　　　　　c（　　）

d（　　）　　　　　e（　　）　　　　　f（　　）

g（　　）　　　　　h（　　）　　　　　i（　　）

j（　　）　　　　　k（　　）　　　　　l（　　）

m（　　）　　　　　n（　　）　　　　　o（　　）

練習13）完成下列的五十音圖表

あ			な	ま	ら		ん
き	し	ち	に	ひ	み	×	り	×	×
う		す			×	×
	て		へ	め	×	×	×
こ		の		よ		を	×

⊙ いろはうた 古時候的平假名（供參考用）。

いろはにほへと、ちりぬるを、わかよたれそ、つねならむ、

うゐのおくやま、けふこゑて、あさきゆめみし、ゑひもせすん

四、片假名

1. 清音

發音與平假名一樣，表示外來的東西或外國名稱。片假名大部分來字英文發音，也有中文、德文、法文、葡萄牙文等。　請聽檔案10

ア a	カ ka	サ sa	タ ta	ナ na	ハ ha	マ ma	ヤ ya	ラ ra	ワ wa	ン n
イ i	キ ki	シ shi	チ chi	ニ ni	ヒ hi	ミ mi		リ ri		
ウ u	ク ku	ス su	ツ tsu	ヌ nu	フ fu	ム mu	ユ yu	ル ru		
エ e	ケ ke	セ se	テ te	ネ ne	ヘ he	メ me		レ re		
オ o	コ ko	ソ so	ト to	ノ no	ホ ho	モ mo	ヨ yo	ロ ro	ヲ o	

2. 片假名的漢字源

ア 阿	カ 加	サ 散	タ 多	ナ 奈	ハ 八	マ 万	ヤ 也	ラ 良	ワ 和	ン 尓
イ 伊	キ 幾	シ 之	チ 千	ニ 二	ヒ 比	ミ 三	イ 伊	リ 利		
ウ 宇	ク 久	ス 須	ツ 川	ヌ 奴	フ 不	ム 牟	ユ 由	ル 流		
エ 江	ケ 介	セ 世	テ 天	ネ 祢	ヘ 部	メ 女	エ 江	レ 礼		
オ 於	コ 己	ソ 曾	ト 止	ノ 乃	ホ 保	モ 毛	ヨ 與	ロ 呂	ヲ 乎	

3.清音的筆順練習

ア	⁷ ア						
a							

イ	⁄ イ	イ	イ	イ			
i							

ウ	⸌⸍ ウ	ウ	ウ	ウ			
u							

エ	⁻ エ	エ	エ	エ			
e							

オ	⁻ オ	オ	オ	オ			
o							

カ ka	ワ カ	カ	カ	カ					

キ ki	ー ニ キ	キ	キ	キ					

ク ku	ノ ク	ク	ク	ク					

ケ ke	ノ ケ ケ	ケ	ケ	ケ					

コ ko	ワ コ	コ	コ	コ					

サ	一十サ	サ	サ	サ					
sa									

シ	シシ	シ	シ	シ					
shi									

ス	フス	ス	ス	ス					
su									

セ	一セ	セ	セ	セ					
se									

ソ	゙ソ	ソ	ソ	ソ					
so									

| タ | ノ ク タ | タ | タ | タ | | | | | |
| ta | | | | | | | | | |

| チ | ー ニ チ | チ | チ | チ | | | | | |
| chi | | | | | | | | | |

| ツ | 丶 丶 ツ | ツ | ツ | ツ | | | | | |
| tsu | | | | | | | | | |

| テ | ー ニ テ | テ | テ | テ | | | | | |
| te | | | | | | | | | |

| ト | ｜ ト | ト | ト | ト | | | | | |
| to | | | | | | | | | |

ナ	一ナ	ナ	ナ	ナ					
na									

二	一二	二	二	二					
ni									

ヌ	フヌ	ヌ	ヌ	ヌ					
nu									

ネ	ヽヲ ネネ	ネ	ネ	ネ					
ne									

ノ	ノ	ノ	ノ	ノ					
no									

ハ	ノ ハ	ハ	ハ	ハ			
ha							

ヒ	ˉ ヒ	ヒ	ヒ	ヒ			
hi							

フ	フ	フ	フ	フ			
fu							

ヘ	ヘ	ヘ	ヘ	ヘ			
he							

ホ	一 十 ホ / 才 ホ	ホ	ホ	ホ			
ho							

| マ | ⁷マ | マ | マ | マ | | | | | |
| ma | | | | | | | | | |

| ミ | ミ | ミ | ミ | ミ | | | | | |
| mi | | | | | | | | | |

| ム | ⌐ム | ム | ム | ム | | | | | |
| mu | | | | | | | | | |

| メ | ノメ | メ | メ | メ | | | | | |
| me | | | | | | | | | |

| モ | ーニモ | モ | モ | モ | | | | | |
| mo | | | | | | | | | |

| ヤ
ya | ⁻ャ | ヤ | ヤ | ヤ | | | | | |

| ユ
yu | ⁷ユ | ユ | ユ | ユ | | | | | |

| ヨ
yo | ⁷ヨ
ヨ | ヨ | ヨ | ヨ | | | | | |

ラ	ˉラ	ラ	ラ	ラ				
ra								

リ	ˈリ	リ	リ	リ				
ri								

ル	ノル	ル	ル	ル				
ru								

レ	レ	レ	レ	レ				
re								

ロ	ˈロ ロ	ロ	ロ	ロ				
ro								

| ワ | ˈ ワ | ワ | ワ | ワ | | | | |
| wa | | | | | | | | |

| ヲ | ¯ ヲ ⁼ | ヲ | ヲ | ヲ | | | | |
| o | | | | | | | | |

| ン | ˋ ン | ン | ン | ン | | | | |
| n | | | | | | | | |

☆平成知惠 袋
へいせいち え ふくろ

以下的片假名寫法很相似，請小心區別。

ツ ⇔ シ		ソ ⇔ ン
ス ⇔ ヌ		ミ ⇔ シ
ク ⇔ タ		コ ⇔ ユ
セ ⇔ ヤ		

練習10）単語（單字）　　　　　　　　　　　　　　🔵 請聽檔案11

片假名	發音	原文	中文
アイス	(aisu)	ice	冰
インク	(inku)	ink	墨水
ウィスキー	(uisukī)	whisky	威士忌
アロエ	(aroe)	aloe	蘆薈
オイル	(oiru)	oil	油
カメラ	(kamera)	camera	照相機
キス	(kisu)	kiss	接吻
クッキー	(kukkī)	cookie	餅乾
ケーキ	(kēki)	cake	蛋糕
ココア	(kokoa)	cocoa	可可亞
サイン	(sain)	sign	簽名
シーソー	(shīsō)	seesaw	蹺蹺板
スーツ	(sūtsu)	suit	西裝
セーター	(sētā)	sweater	毛衣
ソース	(sōsu)	sauce	調味醬
タクシー	(takushī)	taxi	計程車
チキン	(chikin)	chicken	雞
ツリー	(tsurī)	tree	樹
テニス	(tenisu)	tennis	網球
トマト	(tomato)	tomato	番茄
ナイフ	(naifu)	knife	小刀
マカロニ	(makaroni)	macaroni	通心粉
カヌー	(kanū)	canoe	獨木舟
ネクタイ	(nekutai)	necktie	領帶
ノート	(nōto)	notebook	筆記本
ハム	(hamu)	ham	火腿
ハイヒール	(haihīru)	high heeled shoes	高跟鞋
フラ・フープ	(fura・fūpu)	hula hoop	呼拉圈
ヘルメット	(herumetto)	helmet	安全帽

片假名	發音	原文	中文
ホテル	(hoteru)	hotel	飯店
マスク	(masuku)	mask	口罩
ミルク	(miruku)	milk	牛奶
メニュー	(menyū)	menu	菜單
メモ	(memo)	memo	筆記、便條
タイヤ	(taiya)	tire	輪胎
ユニフォーム	(yunifōmu)	uniform	制服
ヨガ	(yoga)	yoga	瑜珈
トランク	(toranku)	suit case	皮箱
リボン	(ribon)	ribbon	蝴蝶結
ルビー	(rubī)	ruby	紅寶石
レモン	(remon)	lemon	檸檬
コロッケ	(korokke)	croquette	炸肉餅
ワイン	(wain)	wine	葡萄酒

4. 濁音・半濁音

ガ ga	ザ za	ダ da	バ ba	パ pa
ギ gi	ジ ji	ヂ ji	ビ bi	ピ pi
グ gu	ズ zu	ヅ zu	ブ bu	プ pu
ゲ ge	ゼ ze	デ de	ベ be	ペ pe
ゴ go	ゾ zo	ド do	ボ bo	ポ po

5. 濁音・半濁音的筆順練習

ガ ga							
ギ gi							
グ gu							
ゲ ge							
ゴ go							

ザ za								
ジ ji								
ズ zu								
ゼ ze								
ゾ zo								

ダ da								
ヂ ji								
ヅ zu								
デ de								
ド do								

バ ba						
ビ bi						
ブ bu						
ベ be						
ボ bo						

パ pa						
ピ pi						
プ pu						
ペ pe						
ポ po						

練習11）単語（單字）　　　　　　　　　　　💿 請聽檔案13

片假名	發音	原文	中文
ガム	(gamu)	gum	口香糖
ギター	(gitā)	guitar	吉他
カタログ	(katarogu)	catalog	目錄
ゲーム	(gēmu)	game	遊戲
ゴルフ	(gorufu)	golf	高爾夫
デザート	(dezāto)	dessert	甜點
ラジオ	(rajio)	radio	廣播
サイズ	(saizu)	size	尺寸
ゼロ	(zero)	zero	零
リゾット	(rizotto)	risotto	燉飯
サラダ	(sarada)	salad	沙拉
デザイン	(dezain)	design	設計
ハンドル	(handoru)	handle	方向盤
バス	(basu)	bus	巴士
ビル	(biru)	building	大樓
ブラシ	(burashi)	brush	刷子
ベルト	(beruto)	belt	皮帶
ボタン	(botan)	button	鈕扣
パンダ	(panda)	panda	熊貓
ピアノ	(piano)	piano	鋼琴
プリント	(purinto)	print	印刷
ペン	(pen)	pen	筆
ポーク	(pōku)	pork	豬肉

6. 拗音

請聽檔案14

キャ kya	シャ sha	チャ cha	ニャ nya	ヒャ hya	ミャ mya	リャ rya	ギャ gya	ジャ ja	ヂャ ja	ビャ bya	ピャ pya
キュ kyu	シュ shu	チュ chu	ニュ nyu	ヒュ hyu	ミュ myu	リュ ryu	ギュ gyu	ジュ ju	ヂュ ju	ビュ byu	ピュ pyu
キョ kyo	ショ sho	チョ cho	ニョ nyo	ヒョ hyo	ミョ myo	リョ ryo	ギョ gyo	ジョ jo	ヂョ jo	ビョ byo	ピョ pyo

7. 拗音的筆順練習

キャ kya							
キュ kyu							
キョ kyo							

シャ sha							
シュ shu							
ショ sho							

チャ cha							
チュ chu							
チョ cho							

ニャ nya							
ニュ nyu							
ニョ nyo							

ヒャ hya							
ヒュ hyu							
ヒョ hyo							

ミャ mya							
ミュ myu							
ミョ myo							

リャ rya								
リュ ryu								
リョ ryo								

ギャ gya								
ギュ gyu								
ギョ gyo								

ジャ ja								
ジュ ju								
ジョ jo								

ヂャ ja								
ヂュ ju								
ヂョ jo								

ビャ bya								
ビュ byu								
ビョ byo								

ピャ pya								
ピュ pyu								
ピョ pyo								

練習12）単語（單字）　　　　　　　　　　　請聽檔案15

片假名	發音	原文	中文
キャンセル	(kyanseru)	Cancel	取消
シャツ	(shatsu)	shirt	襯衫
チャンネル	(channeru)	channel	頻道
ニューヨーク	(nyūyōku)	New York	紐約
マンション	(manshon)	condominiom	高級公寓
ジャズ	(jazu)	jazz	爵士

練習13）片假名的特殊拗音練習　　　　　　　請聽檔案15

片假名	發音	原文	中文
ソファー	(sofā)	sofa	沙發
パーティー	(pātī)	party	派對
アイディア	(aidia)	idea	想法
ハイウェー	(haiwē)	high way	高速公路
シェーバー	(shēbā)	shaver	刮鬍刀
チェス	(chesu)	chess	西洋棋
ウォーター	(wōtā)	water	水
フォーク	(fōku)	fork	叉子

8.片假名的長音

所有的片假名的長音都用「—」來表示。橫書時用「—」來表示，直書時用「｜」來表示。

橫書：

タクシー　　　　ノート　　　　チーズ　　　　カレー

直書：

タ	チ	カ
ク	｜	レ
シ	ズ	｜
｜		

練習14）単語（單字）　　　　　　　　　　　　　　　⊘ 請聽檔案15

片假名	發音	原文	中文
アパート	(apāto)	apartment	公寓
オートバイ	(ōtobai)	motorcycle	摩托車
カード	(kādo)	card	卡片
スキー	(sukī)	ski	滑雪
スープ	(sūpu)	soup	湯
テープ	(tēpu)	tape	錄音帶、膠帶
メール	(mēru)	mail	郵件
ダウンロード	(daunrōdo)	download	下載
バター	(batā)	butter	奶油
シャワー	(shawā)	shower	淋浴
チョコレート	(chokorēto)	chocolate	巧克力
ジュース	(jūsu)	juice	果汁

9. 促音

片假名的促音也與平假名的促音一樣，大小是一般假名的四分之一，寫在假名的右下方，發音發一拍的停頓音。

例： 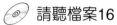 請聽檔案16

片假名	發音	原文	中文
オリンピック	(orinpikku)	Olympics	奧林匹克
ケチャップ	(kechappu)	ketchup	番茄醬
コップ	(koppu)	cup	杯子
チューリップ	(chūrippu)	tulip	鬱金香
トラック	(torakku)	truck	卡車
ベッド	(beddo)	bed	床
スリッパ	(surippa)	slipper	拖鞋
マッチ	(macchi)	match	火柴

練習15）単語（單字）

1. arumi 　　（　　　　　）　　　11. banana 　（　　　　　）

2. masuku 　（　　　　　）　　　12. guaba 　（　　　　　）

3. toire 　　（　　　　　）　　　13. pan 　　（　　　　　）

4. tenisu 　（　　　　　）　　　14. sarada 　（　　　　　）

5. hoteru 　（　　　　　）　　　15. piano 　（　　　　　）

6. kurisumasu 　（　　　　　）　　　16. gorufu 　（　　　　　）

7. rimokon 　（　　　　　）　　　17. bideo 　（　　　　　）

8. karaoke 　（　　　　　）　　　18. eakon 　（　　　　　）

9. kurasu 　（　　　　　）　　　19. pasokon 　（　　　　　）

10. tesuto 　（　　　　　）　　　20. sukaitsuri 　（　　　　　）

練習16）片假名練習

ア	カ		ナ	マ	ラ	ン
イ	キ	チ	ニ		×	リ	×	×
	ス		フ	ム		×	×
	ケ	テ	ヘ	メ	×	レ	×	×
オ	コ	ソ	ト	ノ	ホ	ヨ		ヲ	×

五、平假名與片假名的對照

あ	か	さ	た	な	は	ま	や	ら	わ	ん
い	き	し	ち	に	ひ	み		り		
う	く	す	つ	ぬ	ふ	む	ゆ	る		
え	け	せ	て	ね	へ	め		れ		
お	こ	そ	と	の	ほ	も	よ	ろ		を

ア	カ	サ	タ	ナ	ハ	マ	ヤ	ラ	ワ	ン
イ	キ	シ	チ	ニ	ヒ	ミ		リ		
ウ	ク	ス	ツ	ヌ	フ	ム	ユ	ル		
エ	ケ	セ	テ	ネ	ヘ	メ		レ		
オ	コ	ソ	ト	ノ	ホ	モ	ヨ	ロ		ヲ

練習17）平假名與片假名的練習

1. 把相同平假名與其羅馬拼音用線連起來

き	さ	へ	て	や	せ	お	ぬ	ね	れ

re	nu	o	te	ya	sa	ki	he	se	ne

2. 把相同片假名與其羅馬拼音用線連起來

タ	ク	シ	ツ	ソ	ミ	フ	ラ	ワ	ウ

ku	u	shi	wa	tsu	fu	mi	ta	so	ra

3. 把相同平假名與片假名連連看

す	せ	こ	よ	み	て	と	れ	は	く	わ

ミ	レ	ワ	ト	ハ	テ	ク	ス	コ	ヨ	セ

Unit 1 いくらですか。

一 数字（すうじ）

いち	に	さん	よん・し	ご	ろく	しち・なな	はち	きゅう・くじゅう
一	二	三	四	五	六	七	八	九　十

なんじゅう　　じゅう　にじゅう　さんじゅう　よんじゅう　ごじゅう　ろくじゅう　ななじゅう　はちじゅう　きゅうじゅう
何十 … 十 ・ 二十 ・ 三十 ・ 四十 ・ 五十 ・ 六十 ・ 七十 ・ 八十 ・ 九十

なんびゃく　　ひゃく　にひゃく　さんびゃく　よんひゃく　ごひゃく　ろっぴゃく　ななひゃく　はっぴゃく　きゅうひゃく
何百 … 百 ・ 二百 ・ 三百 ・ 四百 ・ 五百 ・ 六百 ・ 七百 ・ 八百 ・ 九百

なんぜん　　せん　にせん　さんぜん　よんせん　ごせん　ろくせん　ななせん　はっせん　きゅうせん
何千 … 千 ・ 二千 ・ 三千 ・ 四千 ・ 五千 ・ 六千 ・ 七千 ・ 八千 ・ 九千

なんまん　いちまん　にまん　さんまん　よんまん　ごまん　ろくまん　ななまん　はちまん　きゅうまん
何万 … 一万 ・ 二万 ・ 三万 ・ 四万 ・ 五万 ・ 六万 ・ 七万 ・ 八万 ・ 九万

請聽檔案17

数字（すうじ）

100	ひゃく	1,000	せん
200	にひゃく	2,000	にせん
300	さんびゃく	3,000	さんぜん
400	よんひゃく	4,000	よんせん
500	ごひゃく	5,000	ごせん
600	ろっぴゃく	6,000	ろくせん
700	ななひゃく	7,000	ななせん
800	はっぴゃく	8,000	はっせん
900	きゅうひゃく	9,000	きゅうせん

…万（まん）

☆平成知恵袋（へいせいちえぶくろ）

・100　ひゃく

・1,100　せんひゃく

・11,100　いちまん　いっせん　ひゃく

二 練習 _{れんしゅう}

練習 _{れんしゅう} 1）いくら　ですか？

例 _{れい}）ひゃくじゅうきゅう　元 _{げん} です。　　　＿＿119 元 _{げん}＿＿

1）ご　元 _{げん} です。　＿＿＿＿＿＿＿＿＿＿

2）さん　元 _{げん} です。　＿＿＿＿＿＿＿＿＿＿＿

3）じゅう　元 _{げん} です。　＿＿＿＿＿＿＿＿＿＿

4）ななじゅうはち　元 _{げん} です。　＿＿＿＿＿＿＿＿

5）ろくじゅうさん　元 _{げん} です。　＿＿＿＿＿＿＿＿

6）はちじゅうご　元 _{げん} です。　＿＿＿＿＿＿＿＿＿

7）ごじゅうきゅう　元 _{げん} です。　＿＿＿＿＿＿＿＿

8）きゅうじゅうに　元 _{げん} です。　＿＿＿＿＿＿＿＿

9）よんじゅうなな　元 _{げん} です。　＿＿＿＿＿＿＿＿

10）にじゅうはち　元 _{げん} です。　＿＿＿＿＿＿＿＿＿

11）ひゃくさんじゅうなな　元 _{げん} です。　＿＿＿＿＿＿

12）にひゃくごじゅうはち　元 _{げん} です。　＿＿＿＿＿＿

13）さんびゃくにじゅうよん　元 _{げん} です。　＿＿＿＿＿＿

14）ろっぴゃくよんじゅういち　元 _{げん} です。　＿＿＿＿＿

15）はっぴゃくきゅうじゅう　元 _{げん} です。　＿＿＿＿＿＿

16）せんにひゃくにじゅうに　元 _{げん} です。　＿＿＿＿＿＿

17）さんぜんごひゃくはちじゅうさん　元 _{げん} です。　＿＿＿＿

18）はっせんよんひゃくじゅうろく　元 _{げん} です。　＿＿＿＿

19）きゅうせんよんひゃくごじゅう　元 _{げん} です。　＿＿＿＿

20）いちまんにせんさんびゃくよんじゅう　元 _{げん} です。　＿＿＿

練習2）電話番号は　何番ですか。

例）ぜろななの　さんさんさんの　ろくいちにさん

　→　07　−　333　−　6123

① ぜろななの　さんよにの　ごきゅうろくさん

　→ _____

② ぜろろくの　ななにろくの　きゅういちななはち

　→ _____

③ ぜろきゅうににの　ろくぜろさんの　にしちはち

　→ _____

④ ぜろさんの　にいちさんきゅうの　ぜろいちはちご

　→ _____

⑤ 電話番号は　何番ですか。

　→ _____

練習3) 部屋番号は 何号室ですか。

例) いちぜろに　号室です。

→ __102__

① さん　なな　ご　号室です。

→ _____

② いち　いち　ぜろ　なな　号室です。

→ _____

③ きゅう　ぜろ　ろく　号室です。

→ _____

④ いち　まる　ご　ろく　号室です。[1]

→ _____

⑤ せん　さんじゅうご　号室です。[2]

→ _____

---

[1] 零也可唸「まる」。

[2] 房間號碼是3位數時，念「ひゃく…」；房間號碼是4位數時，也可念「せん…」。

三 応用会話
おうようかい わ

◎ 請聴檔案18

場面：買い物（買東西）
ば めん　　か もの

A：いらっしゃいませ。

B：すみません³。これは いくらですか。

A：2900円です。
　　えん

B：じゃ⁴、これを ください⁵。

A：はい、ありがとう ございます。

　　5000円 お預かり⁶します。
　　えん　　あず

　　2100円の お返し⁷です。
　　えん　　　かえ

　　どうも ありがとうございました。

　　また お越しくださいませ⁸。
　　　　　こ

3　すみません　對不起、請問…或是叫人的時候也可以用。

4　じゃ　那麼的話。

5　これをください　請給我這個。

6　お預かりします　預收。
　あず

7　お返しです　找錢。
　かえ

8　お越しくださいませ　歡迎再度光臨。
　こ

65

四　聴解練習
_{ちょうかいれんしゅう}

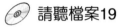 請聴檔案19

練習1）_{れんしゅう} **数字**_{すうじ}**を書いて**_か**ください。**

例）_{れい} 19

①＿＿＿＿　　②＿＿＿＿　　③＿＿＿＿　　④＿＿＿＿　　⑤＿＿＿＿

⑥＿＿＿＿　　⑦＿＿＿＿　　⑧＿＿＿＿　　⑨＿＿＿＿　　⑩＿＿＿＿

⑪＿＿＿＿　　⑫＿＿＿＿　　⑬＿＿＿＿　　⑭＿＿＿＿　　⑮＿＿＿＿

練習2）_{れんしゅう} **電話番号**_{でんわばんごう}**を書いて**_か**ください。**

例）_{れい} 03－3299－2011

① ＿＿＿＿－＿＿＿＿－＿＿＿＿

② ＿＿＿＿－＿＿＿＿－＿＿＿＿

③ ＿＿＿＿－＿＿＿＿－＿＿＿＿

④ ＿＿＿＿－＿＿＿＿－＿＿＿＿

⑤ ＿＿＿＿－＿＿＿＿－＿＿＿＿

⑥ ＿＿＿＿－＿＿＿＿－＿＿＿＿

⑦ ＿＿＿＿－＿＿＿＿－＿＿＿＿

⑧ ＿＿＿＿－＿＿＿＿－＿＿＿＿

⑨ ＿＿＿＿－＿＿＿＿－＿＿＿＿

⑩ ＿＿＿＿－＿＿＿＿－＿＿＿＿

⑪ 　　—　　　　　　—

⑫ 　　—　　　　　　—

⑬ 　　—　　　　　　—

⑭ 　　—　　　　　　—

⑮ 　　—　　　　　　—

アクセントの確認

練習1）数字を書いてください。

例）じゅうきゅう

① じゅう

② じゅうろく

③ さんじゅういち

④ よんじゅうご

⑤ ひゃくごじゅうきゅう

⑥ さんびゃくななじゅうしち

⑦ せんひゃくはちじゅうよん

⑧ いちまんきゅうじゅう

⑨ せんさんびゃくきゅうじゅういち

⑩ せんきゅうひゃくきゅうじゅうきゅう

⑪ ごせんよんじゅうしち

⑫ さんまんいっせんごじゅうご

⑬ にせんななひゃくろくじゅうきゅう

⑭ さんまんいっせんきゅうじゅうろく

⑮ ごまんさんぜんじゅうきゅう

練習2）電話番号を書いてください。

例）ぜろさんの　さんにきゅうきゅうの　にぜろいちいち

① ぜろさんの　はちいちさんさんの　ごにろくきゅう

② ぜろさんの　さんはちいちななの　いちなないちいち

③ ぜろさんの　さんきゅうなないちの　さんぜろぜろはち

④ ぜろさんの　さんきゅうはちにの　ななろくごろく

⑤ ぜろろくの　ろくにいちにの　ぜろぜろさんよん

⑥ ぜろろくの　ろくななななごの　ぜろきゅうぜろいち

⑦ ぜろななごの　さんろくいちの　ぜろいちきゅうきゅう

⑧ ぜろななごの　きゅうごいちの　いちよんぜろいち

⑨ ぜろいちいちの　さんろくいちの　ぜろいちきゅうぜろ

⑩ ぜろよんにの　ろくななよんの　ににいちぜろ

⑪ ぜろななよんの　きゅうにななの　いちいちななに

⑫ ぜろきゅうぜろの　はちきゅうさんにの　ろくにいちご

⑬ ぜろはちぜろの　きゅういちきゅうさんの　ろくにごさん

⑭ ぜろはちぜろの　よんななぜろいちの　よんろくごはち

⑮ ぜろいちにぜろの　ごはちごの　さんはちさんご

Unit 2 何時^{なんじ}ですか。

一時間^{じかん}

何時^{なんじ}… 一時^{いちじ}・二時^{にじ}・三時^{さんじ}・四時^{よじ}・五時^{ごじ}・六時^{ろくじ}・七時^{しちじ}・八時^{はちじ}・九時^{くじ}・十時^{じゅうじ}・

十一時^{じゅういちじ}・十二時^{じゅうにじ}

何分^{なんぷん} 一分^{いっぷん}・二分^{にふん}・三分^{さんぷん}・四分^{よんぷん}・五分^{ごふん}・六分^{ろっぷん}・七分^{なな・しちふん}・八分^{はっぷん}・九分^{きゅうふん}・

十分^{じゅっ・じっぷん}・十五分^{じゅうごふん}・三十分^{さんじっぷん}・半^{はん}

請聴檔案20

時　間				曜　日	
1時	いちじ	1分	いっぷん	月曜日	げつようび
2時	にじ	2分	にふん	火曜日	かようび
3時	さんじ	3分	さんぷん	水曜日	すいようび
4時	よじ	4分	よんぷん	木曜日	もくようび
5時	ごじ	5分	ごふん	金曜日	きんようび
6時	ろくじ	6分	ろっぷん	土曜日	どようび
7時	しちじ	7分	ななふん・しちふん	日曜日	にちようび
8時	はちじ	8分	はっぷん	午前	ごぜん
9時	くじ	9分	きゅうふん	午後	ごご
10時	じゅうじ	10分	じゅっぷん・じっぷん	朝	あさ
11時	じゅういちじ	15分	じゅうごふん	昼	ひる
12時	じゅうにじ	30分	さんじゅっぷん さんじっぷん はん	夜	よる

☆平成知恵袋

12:05＝① じゅうにじ　ごふん　② じゅうにじ　ごふん　すぎ¹

11:55＝① じゅういちじ　ごじゅうごふん

　　　　② じゅうにじ　ごふん　まえ²

二 練習

練習1）いま³　何時ですか。

例）：＿7：10　しちじ　じゅっぷん＿です。

① ＿1：05＿。

② ＿9：10＿。

③ ＿11：30＿。

④ ＿12：45＿。

⑤ ＿1：15＿。

⑥ ＿11：19＿。

⑦ ＿4：17＿。

⑧ ＿9：43＿。

⑨ ＿12：55＿。

⑩ ＿8：49＿。

---

¹　すぎ　過，12點過5分。

²　まえ　前，12點前5分，差5分12點。

³　いま　現在。

練習2）何時から 何時まで ですか。

例）会社は 何時から 何時まで ですか。（8：00-5：00）

…はちじから ごじまで です。

① 学校は 何時から 何時まで ですか。（7：30-4：10）

…＿＿＿＿＿＿＿＿＿＿＿＿＿＿＿＿＿＿＿。

② 昼休み⁴は 何時から 何時まで ですか。（12：30-1：15）

…＿＿＿＿＿＿＿＿＿＿＿＿＿＿＿＿＿＿＿。

③ 銀行は 何時から 何時まで ですか。（9：00-3：00）

…＿＿＿＿＿＿＿＿＿＿＿＿＿＿＿＿＿＿＿。

④ 郵便局は 何時から 何時まで ですか。（9：00-5：00）

…＿＿＿＿＿＿＿＿＿＿＿＿＿＿＿＿＿＿＿。

⑤ デパート⁵は 何時から 何時まで ですか。（11：00-7：30）

…＿＿＿＿＿＿＿＿＿＿＿＿＿＿＿＿＿＿＿。

⑥ 図書館は 何時から 何時まで ですか。（8：30-6：00）

…＿＿＿＿＿＿＿＿＿＿＿＿＿＿＿＿＿＿＿。

⑦ スーパー⁶は 何時から 何時まで ですか。（10：30-7：00）

…＿＿＿＿＿＿＿＿＿＿＿＿＿＿＿＿＿＿＿。

⑧ 大学は 何時から 何時まで ですか。（9：15-6：15）

…＿＿＿＿＿＿＿＿＿＿＿＿＿＿＿＿＿＿＿。

_____

4　昼休み　午休，日本人的午休是吃飯、休息，但沒有睡午覺的習慣。

5　デパート　デパートメントストア（department store）的簡稱，百貨公司。

6　スーパー　スーパーマーケット（supermarket）的簡稱，超級市場。

⑨ 仕事⁷は 何時から 何時まで ですか。（8：10-5：10）

… _____。

練習 3） 今日は 何曜日ですか。

例）今日は 何曜日ですか。（火）

…火曜日です。

① あした⁸は 何曜日ですか。（水）

… _____。

② 会議は 何曜日ですか。（月）

… _____。

③ 旅行は いつから いつまで ですか。（金〜日）

… _____。

④ お盆休み⁹は いつから いつまで ですか。（今週の土から・来週の火まで）

… _____。

⑤ 日本語の授業 は 何曜日ですか。（月と火）

… _____。

☆平成知惠袋

昨日	昨天	今日	今天	明日	明天
先週	上星期	今週	這星期	来週	下星期

7　仕事　工作。

8　あした　明天。

9　お盆休み　起源來自道教的鬼月，各地有不同的祭典，祭拜祖先、掃墓等活動，目前日本公司也會在8月15日前後有3到5天的暑假。

三 応用会話 {おうようかいわ}

場面 {ばめん}：受付で {うけつけ}（在櫃台）

A：あのう、すみません。

B：はい、何 {なん}ですか。

A：平成日本語学校 {へいせいにほんごがっこう} の 電話番号 {でんわばんごう}は 何番 {なんばん}ですか。

B：03-333-6123です。

A：営業 時間 {えいぎょうじかん}10は 何時 {なんじ}から 何時 {なんじ}まで ですか。

B：午前 {ごぜん}10時 {じ}から 午後7時 {ごごじ}まで です。

A：そうですか、どうも。

B：いいえ。どういたしまして。

---

10 営業 時間 {えいぎょうじかん}　指企業的營業時間，日本的公司有些有定 休日 {ていきゅうび}，所以事先確認一下比較好。

四 聴解練習
ちょうかいれんしゅう

◎ 請聽檔案22

練習1）
れんしゅう

例）（6：30　・　9：30　）
れい

① （8：30　・　7：30）

② （午前8：20　・　午後8：20）
ごぜん　　　　　　ごご

③ （9：30　・　6：30）

④ （12：15　・　1：15）

⑤ （3：00　・　5：00）

⑥ （1：00　・　7：00）

⑦ （4：10　・　4：40）

⑧ （10：20　・　12：20）

⑨ （9：15　・　9：30）

⑩ （7：40　・　8：40）

練習2）例と同じように、書きましょう。

例）9／2 （　　か　　）曜日

① 9／4 （　　　　）曜日

② 9／7 （　　　　）曜日

③ 9／13 （　　　　）曜日

④ 9／17 （　　　　）曜日

⑤ 9／22 （　　　　）曜日

⑥ 9／26 （　　　　）曜日

			9月			
日	月	火	水	木	金	土
		1	2	3	4	5	6
7	8	9	10	11	12	13
14	15	16	17	18	19	20
21	22	23	24	25	26	27
28	29	30				

アクセントの確認

🔘 請聴檔案23

練習1）

例）いま　なんじですか。

…しちじ　じゅっぷん　です。

① いちじ　ごふん　です。

② くじ　じゅっぷん　です。

③ じゅういちじさんじゅっぷん　或　じゅういちじはん　です。

④ じゅうにじ　よんじゅうごふん　です。

⑤ いちじ　じゅうごふん　です。

⑥ じゅういちじ　じゅうきゅうふん　です。

⑦ よじ　じゅうななふん　です。

⑧ くじ　よんじゅうさんぷん　です。

⑨ じゅうにじ　ごじゅうごふん　です。

⑩ はちじ　よんじゅうきゅうふん　です。

練習2）

例）かいしゃは　なんじから　なんじまで　ですか。

… はちじから　ごじまで　です。

① がっこうは　なんじから　なんじまで　ですか。

… しちじさんじゅっぷんから　よじじゅっぷんまで　です。

② ひるやすみは　なんじから　なんじまで　ですか。

… じゅうにじさんじゅっぷんから　いちじじゅうごふんまで　です。

③ ぎんこうは なんじから なんじまで ですか。

… くじから さんじまで です。

④ ゆうびんきょくは なんじから なんじまで ですか。

… くじから ごじまで です。

⑤ デパートは なんじから なんじまで ですか。

… じゅういちじから しちじさんじゅっぷんまで です。

⑥ としょかんは なんじから なんじまで ですか。

… はちじさんじゅっぷんから ろくじまで です。

⑦ スーパーは なんじから なんじまで ですか。

…じゅうじさんじゅっぷんから しちじまで です。

⑧ だいがくは なんじから なんじまで ですか。

… くじじゅうごふんから ろくじじゅうごふんまで です。

⑨ しごとは なんじから なんじまで ですか。

… はちじじゅっぷんから ごじじゅっぷんまで です。

練習 3)

例) きょうは なんようびですか。

…かようびです。

① あしたは なんようびですか。

… すいようびです。

② かいぎは なんようびですか。

… げつようびです。

③ りょこうは いつからですか。

… きんようびから にちようびまで です。

④ おぼんやすみは いつから いつまで ですか。

… こんしゅうのどようびから らいしゅうのかようびまで です。

⑤ しゅっちょうは なんようですか。

… げつようびと かようびです。

Unit 3 今日は 何月何日 ですか。

一 日期

何日 … 一日・二日・三日・四日・五日・六日・七日・八日・九日・十日・
十四日・十七日・十九日・二十日・二十四日・二十七日・
二十九日

何月・一月・二月・三月・四月・五月・六月・七月・八月・九月・十月・
十一月・十二月

請聴檔案24

	月 (がつ)		日日 (ひにち)		
1月	いちがつ	1日	ついたち	17日	じゅうしちにち
2月	にがつ	2日	ふつか	18日	じゅうはちにち
3月	さんがつ	3日	みっか	19日	じゅうくにち
4月	しがつ	4日	よっか	20日	はつか
5月	ごがつ	5日	いつか	21日	にじゅういちにち
6月	ろくがつ	6日	むいか	22日	にじゅうににち
7月	しちがつ	7日	なのか	23日	にじゅうさんにち
8月	はちがつ	8日	ようか	24日	にじゅうよっか
9月	くがつ	9日	ここのか	25日	にじゅうごにち
10月	じゅうがつ	10日	とおか	26日	にじゅうろくにち
11月	じゅういちがつ	11日	じゅういちにち	27日	にじゅうしちにち
12月	じゅうにがつ	12日	じゅうににち	28日	にじゅうはちにち
?何月	なんがつ	13日	じゅうさんにち	29日	にじゅうくにち
		14日	じゅうよっか	30日	さんじゅうにち
		15日	じゅうごにち	31日	さんじゅういちにち
		16日	じゅうろくにち	?何日	なんにち

☆ 星座 ☆

山羊座 <small>やぎざ</small>	12月22日〜1月19日
水瓶座 <small>みずがめざ</small>	1月20日〜2月18日
魚座 <small>うおざ</small>	2月19日〜3月20日
牡羊座 <small>おひつじざ</small>	3月21日〜4月19日
牡牛座 <small>おうしざ</small>	4月20日〜5月20日
双子座 <small>ふたござ</small>	5月21日〜6月21日
蟹座 <small>かにざ</small>	6月22日〜7月22日
獅子座 <small>ししざ</small>	7月23日〜8月22日
乙女座 <small>おとめざ</small>	8月23日〜9月22日
天秤座 <small>てんびんざ</small>	9月23日〜10月23日
蠍座 <small>さそりざ</small>	10月24日〜11月22日
射手座 <small>いてざ</small>	11月23日〜12月21日

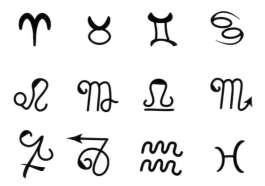

☆血液型☆ <small>けつえきがた</small>

A型 <small>がた</small>	B型 <small>がた</small>	O型 <small>がた</small>	AB型 <small>がた</small>

二 練習

練習1）

例）今日は 何月何日 ですか。（7月23日）

　　しちがつ　にじゅうさんにち　です。

2014

① 誕生日は いつですか。（1月9日）

_____。

② 休みは いつから ですか。（2月24日）

_____。

③ 旅行は いつですか。（7月5日）

_____。

④ テストは いつから ですか。（8月8日）

_____。

⑤ 会議は いつから ですか。（4月19日の午後3時）

_____。

⑥ キャンプ¹は いつから ですか。（4月20日）

_____。

1　キャンプ　camp 露営。

練習2）

① いつかの　つぎ[2]は _____ です。

   a とおか   b ようか   c むいか   d よっか

② 八日から 十日まで ちちと りょこうしました。

   八日   a はちか   b はつか   c ようか   d よっか

   十日   a じゅうか   b じゅうにち   c とおか   d とおにち

③ 今日は さんがつここのかです。 あしたは _____ です。

   a むいか   b ようか   c なのか   d とおか

2　つぎ　下一個。

83

三 応用会話

💿 請聴檔案25

場面：交流会（交流會）

A：お名前は[3]？

B：陳です。

A：お誕生日は 何月何日ですか。

B：1月9日ですよ。

A：じゃ、山羊座ですね。

B：そうですね。

A：私の 妹 と 同じ[4]ですよ。

B：ほんとうですか。

3　お名前は？　你叫什麼名字。

4　同じ　相同，一樣。

四 聴解練習
ちょうかいれんしゅう

 請聴檔案26

練習 1）例と同じように、○をつけましょう。
れんしゅう　　れい　おな

例）7月2日・⟨7月20日⟩
れい

① 1月3日・1月6日　　　⑥ 11月9日・11月5日

② 7月4日・7月8日　　　⑦ 12月1日・12月11日

③ 5月5日・5月10日　　　⑧ 10月25日・10月24日

④ 1月7日・1月9日　　　⑨ 8月17日・8月11日

⑤ 9月20日・6月20日　　　⑩ 6月9日・6月10日

練習 2）例と同じように、○か×を書きましょう。
れんしゅう　　れい　おな　　　　　　　　か

例）[4月13日月曜日]（○）
れい

① （　　　）　　　　④ （　　　）

② （　　　）　　　　⑤ （　　　）

③ （　　　）

アクセントの確認　　　　　　　　　　　　　🔘 請聴檔案27

練習1)^{れんしゅう}

例)^{れい} きょうは なんがつなんにちですか。

…いちがつ にじゅうさんにちです。

① たんじょうびは いつですか。

…いちがつ ここのかです。

② やすみは いつから ですか。

…にがつ にじゅうよっかです。

③ りょこうは いつですか。

…しちがつ いつかです。

④ テストは いつから ですか。

…はちがつ ようかです。

⑤ かいぎは いつから ですか。

…しがつ じゅうくにちのごごさんじから です。

⑥ キャンプは いつから ですか。

…しがつ はつかから です。

練習2）

例）しがついつかは にちようびです。

① しがつようかは すいようびです。

② しがつはつかは げつようびです。

③ しがつにじゅうよっかは かようびです。

④ ごがつじゅうくにちは かようびです。

⑤ ごがつとおかは きんようびです。

Unit 4 <ruby>私<rt>わたし</rt></ruby> は <ruby>日本人<rt>に ほんじん</rt></ruby>です。

一 <ruby>国籍<rt>こくせき</rt></ruby>と <ruby>職業<rt>しょくぎょう</rt></ruby>

<ruby>国籍<rt>こくせき</rt></ruby>

 請聽檔案28

<ruby>日本人<rt>に ほんじん</rt></ruby>（邦）	ベトナム<ruby>人<rt>じん</rt></ruby>	インドネシア<ruby>人<rt>じん</rt></ruby>	アメリカ<ruby>人<rt>じん</rt></ruby>（米）
日本人	越南人	印尼人	美國人
<ruby>台湾人<rt>たいわんじん</rt></ruby>、<ruby>中国人<rt>ちゅうごくじん</rt></ruby>	フィリピン<ruby>人<rt>じん</rt></ruby>（比）	インド<ruby>人<rt>じん</rt></ruby>（印）	ドイツ<ruby>人<rt>じん</rt></ruby>（独）
台灣人、中國人	菲律賓人	印度人	德國人
<ruby>韓国人<rt>かんこくじん</rt></ruby>	タイ<ruby>人<rt>じん</rt></ruby>	イタリア<ruby>人<rt>じん</rt></ruby>（伊）	フランス<ruby>人<rt>じん</rt></ruby>（仏）
韓國人	泰國人	義大利人	法國人
シンガポール<ruby>人<rt>じん</rt></ruby>	マレーシア<ruby>人<rt>じん</rt></ruby>	イギリス<ruby>人<rt>じん</rt></ruby>（英）	
新加坡人	馬來西亞人	英國人	

<ruby>職業<rt>しょくぎょう</rt></ruby>

<ruby>会社員<rt>かいしゃいん</rt></ruby>[1] （サラリーマン）	<ruby>医者<rt>いしゃ</rt></ruby>（<ruby>先生<rt>せんせい</rt></ruby>）	<ruby>銀行員<rt>ぎんこういん</rt></ruby>	<ruby>自営業<rt>じ えいぎょう</rt></ruby>
<ruby>学生<rt>がくせい</rt></ruby>	<ruby>看護師<rt>かん ご し</rt></ruby>	<ruby>弁護士<rt>べん ご し</rt></ruby>[2]	<ruby>主婦<rt>しゅ ふ</rt></ruby>
<ruby>教師<rt>きょう し</rt></ruby>（<ruby>先生<rt>せんせい</rt></ruby>）	<ruby>公務員<rt>こう む いん</rt></ruby>	<ruby>研究者<rt>けんきゅうしゃ</rt></ruby>	エンジニア[3]

---

1 <ruby>会社員<rt>かいしゃいん</rt></ruby>　指一般的上班族，サラリーマン是男性上班族、OL是女性上班族。

2 <ruby>弁護士<rt>べん ご し</rt></ruby>　律師。

3 エンジニア　engineer　工程師。

二 文型（ぶんけい）

文型1）肯定文（こうていぶん）

例）私（わたし）・日本人（にほんじん）

私（わたし）は 日本人（にほんじん）です。

① 陳（ちん）さん・台湾人（たいわんじん）

_____。

② 山田（やまだ）さん・先生（せんせい）

_____。

③ 鈴木（すずき）さん・医者（いしゃ）

_____。

④ マリーさん・学生（がくせい）

_____。

⑤ 王（おう）さん・エンジニア

_____。

文型2）所属（しょぞく）

例）日本新聞（にほんしんぶん）・鈴木（すずき）

あの人（ひと）は 日本新聞（にほんしんぶん）の鈴木（すずき）さんです。

① 日本株式会社（にほんかぶしきがいしゃ）・陳（ちん）

_____。

② 留学生（りゅうがくせい）・李（り）

_____。

③ 日本電気・山田

_____。

④ 平成鋼鉄・社員

_____。

⑤ 日系企業・社員

_____。

文型3）疑問文

例）王さんは　日本人ですか。

… <u>はい、私は　日本人です。</u>

… いいえ、私は　日本人じゃありません。

① 陳さん・会社員

… _____。

② 高嶋さん・主婦

… _____。

③ 鈴木さん・医者

… _____。

④ マリーさん・先生

… _____。

⑤ 王さん・銀行員

… _____。

文型4）重複

例）王さん・陳さん・台湾人

王さんは 台湾人です。陳さんも 台湾人です。

① 山田さん・鈴木さん・日本人

_____。

② マリーさん・花子さん・学生

_____。

③ 王さん・陳さん・18歳

_____。

④ 神谷さん・辻さん・先生

_____。

⑤ 洪さん・陳さん・留学生

_____。

☆平成知恵袋

⋯歳	
いっさい	1歳
にさい	2歳
さんさい	3歳
よんさい	4歳
ごさい	5歳
ろくさい	6歳
ななさい	7歳
はっさい	8歳
きゅうさい	9歳
じゅっさい、じっさい	10歳
なんさい	何歳

文型5）疑問詞

例）あの人・誰

　　あの人は 誰ですか。　　　　　… 王さんです。

① 陳さん・何歳

　　_____　… 39歳です。

② あの人・誰

　　_____　… 日本語の先生です

③ あの方・どなた

　　_____　… 山田先生です。

④ 泰田先生・おいくつ

　　_____　… 34歳です。

⑤ 花子ちゃん・何歳

　　_____　… 5歳です。

☆平成知恵 袋

在日文裡因輩分、年齡的關係，使用的單字也會改變，あのかた、どなた會比

あのひと、だれ來得有禮貌。

（あのかた　＞　あのひと、どなた　＞　だれ）

　あの人は だれですか。

　あの方は どなたですか。

三 応用会話
^{おうようかいわ}

🔘 請聽檔案29

場面1：自己紹介（2人のとき）
^{ばめん}　^{じこしょうかい}

はじめまして、私は 謝です。教師です。どうぞ　よろしく。
　　　　　　　^{わたし}　^{しゃ}　　^{きょうし}

場面2：自己紹介（皆の前）
^{ばめん}　^{じこしょうかい}　^{みんな}^{まえ}

みなさん　おはようございます。私は 森です。会社員です。
　　　　　　　　　　　　　　　^{わたし}　^{もり}　　^{かいしゃいん}

日本の大阪から 来ました⁴。どうぞ　よろしく　お願いします。
^{にほん}^{おおさか}　　^き　　　　　　　　　　　　　　　^{ねが}

場面3：挨拶
^{ばめん}　^{あいさつ}

A：おはようございます。

B：おはようございます。

A：お元気ですか⁵。
　　^{げんき}

B：はい、お陰さまで⁶、元気です。陳さんは？
　　　　　^{かげ}　　　^{げんき}　　^{ちん}

A：はい、私も 元気です。
　　　　^{わたし}　^{げんき}

4　から　来ました　從…來的。
　　　　　^き

5　お元気ですか　你好嗎。
　　^{げんき}

6　お陰さまで　託你的福。
　　^{かげ}

93

四 練習

練習 1)

例) あなたは 先生 ですか。

… いいえ、先生 （です・(じゃありません)）。

① あなたは 10さい ですか。

… いいえ、10さい （です・じゃありません）。

② あなたは 学生 ですか。

… はい、私は 学生 （です・じゃありません）。

③ あなたは 3年生ですか。

… いいえ、3年生 （です・じゃありません）。

④ あなたは 台湾人ですか。

… いいえ、台湾人 （です・じゃありません）。

⑤ あなたは 日本人ですか。

… いいえ、日本人 （です・じゃありません）。

練習 2)

例) あなたは 太郎くんですか。

… はい、（(太郎)・ 10さい・ 台湾人） です。

① あなたは 台湾人ですか。

… はい、（太郎・ 10さい・ 台湾人） です。

② あなたは 学生_{がくせい}ですか。

… はい、（太郎_{たろう}・　学生_{がくせい}・　台湾人_{たいわんじん}）です。

③ 太郎_{たろう}くんは 小学生_{しょうがくせい}ですか。

… いいえ、（　小学生_{しょうがくせい}・　中学生_{ちゅうがくせい}・　5歳_{さい}）です。

④ 花子_{はなこ}ちゃんも 小学生_{しょうがくせい}ですか。

… はい、（小学生_{しょうがくせい}・　中学生_{ちゅうがくせい}・　先生_{せんせい}）です。

練習_{れんしゅう} **3）**

例_{れい}） ① あなた　② がくせい　③ は　④ か　⑤ です

　　　① → ③ → ② → ⑤ → ④

1）① わたし　② たいわんじん　③ じゃありません　④ は

　　　　→　　　→　　　→

2）① せんせい　② あなた　③ は　④ ですか

　　　　→　　　→　　　→

3）① は　② あなた　③ なんさい　④ ですか

　　　　→　　　→　　　→

4）① だれ　② あの人_{ひと}　③ ですか　④ は

　　　　→　　　→　　　→

5）① 太郎_{たろう}くん　② しょうがくせい　③ です　④ は　⑤ たいわん　⑥ の

　　　　→　　　→　　　→　　　→　　　→

練習4）

① 大坪さんは 日本人です。上野さん（　　　　）日本人ですか。

… はい、上野さん（　　　　）日本人です。

② あの方（　　　　）日本人ですか。

… いいえ、あの方（　　　　）日本人じゃ ありません。

③ 洪さんは 平成日本語学校（　　　　）事務員です。

④ 初めまして、陳です。台湾（　　　　）来ました。

練習5）

① あなたは 陳さんですか？

… （a.はい、陳です。　b.はい、陳さんです。）

② あの方は （a.どなた　b.おいくつ）ですか？

… 陳さんです。

③ わたしは （a.台湾　b.台湾人）から 来ました。

④ 辻さんは 日本人です。山田さん（a.も　b.は）日本人です。

⑤ 太郎君は （a.なんさい　b.おいくつ）ですか。

… 8歳です。

⑥ この時計は （a.どちら　b.いくら）ですか。

… 3600元です。

⑦ あの方は （a.どなた　b.だれ）ですか。… 謝先生です。

アクセントの確認

💿 請聴檔案30

文型1）

例）わたしは　にほんじんです。

わたしは　にほんじんじゃありません。

① ちんさんは　たいわんじんです。

ちんさんは　たいわんじんじゃありません。

② やまださんは　せんせいです。

やまださんは　せんせいじゃありません。

③ すずきさんは　いしゃです。

すずきさんは　いしゃじゃありません。

④ マリーさんは　がくせいです。

マリーさんは　がくせいじゃありません。

⑤ おうさんは　エンジニアです。

おうさんは　エンジニアじゃありません。

文型2）

例）あのひとは　にほんしんぶんのすずきさんです。

① あのひとは　にほんかぶしきがいしゃのちんさんです。

② あのひとは　りゅうがくせいのりさんです。

③ あのひとは　にほんでんきのやまださんです。

④ あのひとは　へいせいこうてつのしゃいんです。

⑤ あのひとは　にっけいきぎょうのしゃいんです。

文型3）

例）はい、わたしは にほんじんです。

いいえ、わたしは にほんじんじゃありません。

① はい、ちんさんは かいしゃいんです。

いいえ、ちんさんは かいしゃいんじゃありません。

② はい、たかしまさんは しゅふです。

いいえ、たかしまさんは しゅふじゃありません。

③ はい、すずきさんは いしゃです。

いいえ、すずきさんは いしゃじゃありません。

④ はい、マリーさんは せんせいです。

いいえ、マリーさんは せんせいじゃありません。

⑤ はい、おうさんは ぎんこういんです。

いいえ、おうさんは ぎんこういんじゃありません。

文型4）

例）おうさんは たいわんじんです。ちんさんも たいわんじんです。

① やまださんは にほんじんです。すずきさんも にほんじんです。

② マリーさんは がくせいです。はなこさんも がくせいです。

③ おうさんは じゅうはっさいです。ちんさんも じゅうはっさいです。

④ かみやさんは せんせいです。つじさんも せんせいです。

⑤ こうさんは りゅうがくせいです。ちんさんも りゅうがくせいです。

✐⇔✎ 平成式　日本語学習～N5　✐⇔✎

Unit 4

文型5）

例) あのひとは だれですか。

…おうさんです。

① ちんさんは なんさいですか。

…さんじゅうきゅうさいです。

② あのひとは だれですか。

…にほんごのせんせいです。

③ あのかたは どなたですか。

…やまだせんせいです。

④ たいだせんせいは おいくつですか。

…さんじゅうよんさいです。

⑤ はなこちゃんは なんさいですか。

…ごさいです。

Unit 5 これは 台湾の本です。

一 指示詞

 請聴檔案31

これ	この　+N	ここ （こちら）	講話者旁
それ	その　+N	そこ （そちら）	聴話者旁
あれ	あの　+N	あそこ（あちら）	離両者都遠
どれ	どの　+N	どこ （どちら）	哪一個

本屋

本	新聞[1]	辞書	地図
雑誌	教科書	漫画	ノート[2]
手帳[3]	文庫本	はがき[4]	カレンダー[5]

文房具屋

鉛筆	ボールペン[6]	修正液	封筒[7]
シャープペンシル[8]	消しゴム[9]	切手[10]	

---

1 新聞　報紙。

2 ノート　note 筆記本。

3 手帳 日記本。

4 はがき　明信片。

5 カレンダー　calendar 月暦。

6 ボールペン　ball pen 原子筆。

7 封筒　信封。

8 シャープペンシル　sharp pencil 自動鉛筆。

9 消しゴム　gom 橡皮擦。

10 切手　郵票。

二 文型 _{ぶんけい}

文型1）物・場所 _{ぶんけい　　もの　ばしょ}

例）これは ほんです。 _{れい}

① ♀：（これ・それ・あれ）は テレビです。　　♀：テレビ ♂

② ♀：（これ・それ・あれ）は 鉛筆です。 _{えんぴつ}　　♀：　　　　♂：鉛筆 _{えんぴつ}

③ ♀♂：（これ・それ・あれ）は 辞書です。 _{じしょ}　　♀♂：　　　　辞書 _{じしょ}

④ ♀：（ここ・そこ・あそこ）は 教室です。 _{きょうしつ}　　♀：教室 ♂ _{きょうしつ}

⑤ ♀♂：（ここ・そこ・あそこ）は 駅 [11]です。 _{えき}　　♀♂：　　　　駅 _{えき}

⑥ ♀：（ここ・そこ・あそこ）は トイレ [12]です。 ♀　　　　♂：トイレ

文型2）所有者 _{ぶんけい　　しょゆうしゃ}

例）これは 私の本です。 _{れい　　　　わたし　ほん}

① これは 誰の携帯電話ですか。 _{だれ　けいたいでんわ}

…これは（　　　　　　　）の携帯電話です。 _{けいたいでんわ}

② それは 誰のノートですか。 _{だれ}

…これは（　　　　　　）のノートです。

③ それは 誰の鉛筆ですか。 _{だれ　えんぴつ}

…これは（　　　　　　）の鉛筆です。 _{えんぴつ}

⑰森

⑰謝

⑰陳

---

11 駅　車站。 _{えき}

12 トイレ　toilet 廁所。

101

文型3）内容

例）これは　何の本ですか。

… それは　<u>自動車の本です</u>。

① それは　何の本ですか。

… これは　（　　　　　　）の本です。

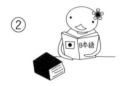

② これは　何の辞書ですか。

… それは　（　　　　　　）の辞書です。

③ あれは　何のCDですか。

… あれは　（　　　　　　）のCDです。

文型4）産地

例）これは　どこのかばんですか。

… それは　<u>アメリカのかばんです</u>。

① マクドナルドは　どこの会社ですか。

… （たいわん・にほん・アメリカ）の会社です。

② トヨタは　どこの車ですか。

… （たいわん・にほん・アメリカ）の車です。

③ ドラえもんは　どこのまんがですか

… （たいわん・にほん・アメリカ）のまんがです。

④ 大同は　どこの会社ですか。

… （たいわん・にほん・アメリカ）の会社です。

⑤ ドコモは　どこの会社ですか。

… （たいわん・にほん・アメリカ）の会社です。

三 応用会話

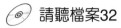

請聴檔案32

場面1：管理室で（管理人と陳さん）

A：おはようございます。

B：おはようございます。

A：すみません。陳さんのお国は どちらですか。

B：台湾です。

A：台湾は いいところですね。会社は どちらですか。

B：平成鋼鉄です。

A：そうですか。

　　ところで、これは 陳さんの傘ですか。

B：はい、そうです。私の傘です。

A：これも 陳さんのですか。

B：いいえ、違います[13]。私のじゃありません。

---

13 違います　不對、不是。

場面2：デパートで（陳さんと店員）　　　　　◎ 請聽檔案32

A：いらっしゃいませ。何か　お探し[14]ですか。

B：仕事用の靴です。

A：これは　いかがですか。

B：うーん、ちょっと。すみません。あれを　見せて[15]ください。

A：はい、どうぞ。

B：いいですね。これは　いくらですか。

A：2980円です。

B：じゃ、これを　ください。

A：はい、ありがとうございます。

---

14 お探し　在找什麼。

15 見せて　讓我看一下。

四 練習

練習1）（　　　　）に適当な助詞を入れてください。

① これは どこ（　　　　）たばこですか。

… 台湾（　　　　）です。

② すみません。その時計（　　　　）見せてください。

… どうぞ。

③ これは どこの時計ですか。

… 中国（　　　　）です。

　　じゃ、これ（　　　　）ください。

④ 上野さん（　　　　）お国（　　　　）どちらですか。

… 日本です。

⑤ HTCは 何（　　　　）会社ですか。

… 携帯電話（　　　　）会社です。

練習2）（　　　　）の中から最も適当なことばを選んでください。

① これは 何の 本ですか。…（a.カメラの　b.カメラの本）です。

② それは あなたのテープですか。… はい、（a.あなた　b.わたし）のです。

③ 金子先生は（a.何歳　b.おいくつ）ですか。… 54歳です。

④ これは（a.辞書　b.何）ですか。… はい、それは 辞書です。

⑤ お国は どちらですか。…（a.高雄　b.台湾）です。

⑥ これは（a.どこの　b.だれの）ネクタイですか。… イタリアのです。

⑦ 会社は（a.なん　b.どちら）ですか。… 平成電気です。

練習 3）（　　　　　）に正しい会話表現を下から選びなさい。

① あの方は どなたですか。　　　　　…（　　　　）

② これは ノートですか、雑誌ですか。　…（　　　　）

③ それは 何の雑誌ですか。　　　　　…（　　　　）

④ 陳さんは おいくつですか。　　　　…（　　　　）

⑤ 陳さんは 学生ですか。　　　　　　…（　　　　）

⑥ これは だれの時計ですか。　　　　…（　　　　）

⑦ あの人は 王さんですか。　　　　　…（　　　　）

---

a）18歳です　　　　　　　e）はい、王さんです

b）それは ノートです　　　f）カメラの雑誌です

c）王さんのです　　　　　　g）王さんです

d）いいえ、先生です

アクセントの確認

文型1）

例）これは ほんです。

① これは テレビです。

② それは えんぴつです。

③ あれは じしょです。

④ ここは きょうしつです。

⑤ あそこは えきです。

⑥ そこは トイレです。

文型2）

例）これは わたしのほんです。

① これは だれのけいたいでんわですか。

… それは もりさんのけいたいでんわです。

② それは だれのノートですか。

… これは しゃさんのノートです。

③ それは だれのえんぴつですか。

… これは ちんさんのえんぴつです。

文型3）

例）これは じどうしゃのほんです。

① それは なんのほんですか。

… これは カメラのほんです。

② これは なんのじしょですか。

… それは にほんごのじしょです。

③ あれは なんのテープですか。

… あれは えいごのテープです。

文型4）

例）これは アメリカのかばんです。

① マクドナルドは どこのかいしゃですか。

… アメリカのかいしゃです。

② トヨタは どこのくるまですか。

… にほんのくるまです。

③ ドラえもんは どこのまんがですか。

… にほんのまんがです。

④ だいどうは どこのかいしゃですか。

… たいわんのかいしゃです。

⑤ ドコモは どこのかいしゃですか。

… にほんのかいしゃです。

Unit 6 私は 毎朝　りんごを 食べます。

一 動詞（1）

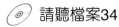 請聽檔案34

食べます	書きます	起きます	行きます
吃	書寫	起床	去
飲みます	買います	寝ます	来ます
喝・飲・服用	購買	睡覺	來
吸います	浴びます	休みます	帰ります
吸（煙）	沖・淋浴	休息	回家・回去
見ます	撮ります	します	（人に）会います
看	拍（照）・攝（影）	做	遇見・碰見
読みます	終わります	勉強します	切ります
閱讀	結束	讀書・學習	切・剪
聞きます	働きます	テニスをします	遊びます
聽	工作	打網球	遊戲

交通手段

電車	飛行機	新幹線	歩いて
電車	飛機	新幹線	走路
地下鉄	船	バス	自転車
地下鐵	船	巴士	腳踏車
モノレール	タクシー	リムジンバス	自動車
單軌電車	計程車	機場巴士	汽車

☆平成知恵 袋

「 何 」の 読み方

☆ なん ＋　Ｎ、Ｔ、Ｄ、漢字

N.「の」　　　何の本ですか？

な行　　　　　…日本語の本です。

T.「と」　　　「車站」は日本語で何といいますか？

た行　　　　　…駅と いいます。

D.「ですか」　これは 何ですか？

だ行　　　　　…パンダです。

漢字　　何歳・何月・何日・何曜日・何時……

☆ なに ＝その他

二 文型

文型1）期間

例）デパートは 10時半から 7時まで です。

① 私 は ＿＿＿＿＿ から ＿＿＿＿＿ まで 勉強 します。

② 私 は ＿＿＿＿＿ から ＿＿＿＿＿ まで 寝ます。

③ レストラン¹は ＿＿＿＿＿ から ＿＿＿＿＿ まで 休みます。

④ ＿＿＿＿＿ から ＿＿＿＿＿ まで 働きます。

1　レストラン restaurant 餐廳。

⑤ 私 は 昼＿＿＿＿＿ から ＿＿＿＿＿ まで 休み²ます。

Q：夏休みは いつから いつまで ですか。

A：

文型2）時間の定点

例）私は　7時に 起きます。

① 4：30

学校は ＿＿＿＿＿終わります。

② 11：00

よる ＿＿＿＿＿寝ます。

③ 7：15

毎朝 ＿＿＿＿＿起きます。

④ 明日

＿＿＿＿＿＿ 働 きます。

⑤ 日曜日

＿＿＿＿＿＿休みます。

Q：何時に 昼ご飯を 食べますか。

A：

2　昼休み　中午午休（日本的午休只有吃飯，沒有睡午覺的習慣）。

文型3) 目的語と動詞

例) 何を　食べますか。

① おにぎり³を（　　　　　　）

② ジュース⁴を（　　　　　　）

③ たばこ⁵を（　　　　　　）

④ ケーキ⁶を（　　　　　　）

⑤ 写真を（　　　　　　）

⑥ テレビを（　　　　　　）

⑦ 手紙を（　　　　　　）

⑧ シャワー⁷を（　　　　　　）

⑨ 雑誌を（　　　　　　）

⑩ プレゼント⁸を（　　　　　　）

Q：明日　何を　しますか。
A：

3　おにぎり　御飯糰。

4　ジュース　juice 果汁。

5　たばこ　香菸。

6　ケーキ　cake 蛋糕。

7　シャワー　shower 沖澡。

8　プレゼント　present 禮物。

文型4）助詞

私 は 7月20日に 友達と 飛行機で 日本へ 行きます。

例1）どこへ 行きますか。

… 私は 日本へ 行きます。

… どこも 行きません。

例2）誰と 行きますか。

… 私は 友達と 行きます。

例3）何で 行きますか。

… 私は 飛行機で 行きます。

例4）いつ いきますか。

… 私は 7月20日に 行きます。

① いつ 日本へ 行きますか。（3月2日）

… ＿＿＿＿＿＿＿＿＿＿＿＿＿＿＿＿＿＿＿。

② 大学は いつ終わりますか。（9月10日）

… ＿＿＿＿＿＿＿＿＿＿＿＿＿＿＿＿＿＿＿。

③ 誰と 大阪へ 行きますか。（会社の人）

… ＿＿＿＿＿＿＿＿＿＿＿＿＿＿＿＿＿＿＿。

④ 何で 会社へ 行きますか。（オートバイ）

… ＿＿＿＿＿＿＿＿＿＿＿＿＿＿＿＿＿＿＿。

⑤ あした どこへ 行きますか。（デパート）

… ＿＿＿＿＿＿＿＿＿＿＿＿＿＿＿＿＿＿＿。

⑥ 何で 台北へ 行きますか。（新幹線）

… ＿＿＿＿＿＿＿＿＿＿＿＿＿＿＿＿＿＿＿。

⑦誰と　映画を　見ますか。（一人で）

… ＿＿＿＿＿＿＿＿＿＿＿＿＿＿＿＿＿＿＿。

⑧日曜日　どこへ　行きますか。（どこも）

… ＿＿＿＿＿＿＿＿＿＿＿＿＿＿＿＿＿＿＿。

Q：週末　どこへ　行きますか。

A：

文型5）動詞の2時制

おととい	きのう	きょう	あした	あさって

Vました　←　過去　　　今　　　未来→　　　Vます

例）きのう　べんきょうしました　　　　　あした　べんきょうします

　　きのう　べんきょうしませんでした　　あした　べんきょうしません

【動詞のルール】

現在・肯定○	現在・否定×	過去・肯定○	過去・否定×
①たべます	たべません	たべました	たべませんでした
②おきます	おきません	おきました	おきませんでした
③ねます	ねません	ねました	ねませんでした
④やすみます	やすみ＿＿＿	やすみ＿＿＿	やすみ＿＿＿
⑤あそびます	あそび＿＿＿	あそび＿＿＿	あそび＿＿＿

☆平成知恵袋【時間の表現のまとめ】

週	先々週	先週	今週	来週	さ来週	毎週
星期	上上星期	上星期	本星期	下星期	下下星期	毎星期
月	先々月	先月	今月	来月	さ来月	毎月
月	上上個月	上月	本月	下月	下下月	毎月
年	おととし	去年	今年	来年	さ来年	毎年
年	前年	去年	今年	明年	後年	毎年

練習）

☞ **例と同じように、○を書きましょう。**

例）おととし　台湾から（来ます・(来ました)）。

① 私は　昨日　シャワーを（浴びます・浴びました）。

② 私は　来年　マンション9を（買います・買いました）。

③ 私は　明日（働きます・働きました）。

④ 私は　昨日　10時に（寝ます・寝ました）。

⑤ 私は　毎日　日本語を（勉強します・勉強しました）。

⑥ 毎日　7時に（起きます・起きました）。

⑦ 昨日　10時に（寝ます・寝ました）。

⑧ 去年　高雄へ（来ます・来ました）。

⑨ 毎週　デパートへ（行きます・行きました）。

⑩ 昨日　3時に（帰ります・帰りました）。

⑪ 先週の日曜日（勉強しません・勉強しませんでした）。

9　マンション　condominiom 和製英語，共同住宅的大樓。

⑫昨日　会社を（休みます・休みました）。

⑬先週（友達に会います・友達に会いました）。

⑭おととい　台北へ（行きません・行きませんでした）。

⑮さ来年　日本へ（帰ります・帰りました）。

文型6）完了の確認

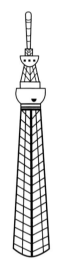

例）もう　プレゼントを　買いましたか。

…はい、もう　買いました。

…いいえ、まだです。

①もう　晩ご飯を　食べましたか。

…はい、＿＿＿＿＿＿＿＿＿＿＿＿＿。

②もう　スカイツリー10へ　行きましたか。

…いいえ、＿＿＿＿＿＿＿です。

③もう　レポートを　出しましたか。

…いいえ、＿＿＿＿＿＿＿です。これから11＿＿＿＿＿＿＿＿。

④陳さんは　もう　寝ましたか。

…はい、＿＿＿＿＿＿＿＿＿。

⑤森さんは　もう　起きましたか。

…いいえ、＿＿＿＿＿＿＿。

Q：もう　晩ご飯を　食べましたか。

A：

10　スカイツリー　skytree 是東京新的地標有展望台與購物中心，於2012開幕至今吸引很多觀光客前往。

11　これから　現在開始…。

三 応用会話
おうようかいわ

請聽檔案35

場面：仕事の後（陳さんと出野さん）
ばめん　　しごと　あと　　ちん　　　いでの

A：お疲れさまです。
つか

B：お疲れ様です。週末　どこか　行きましたか。
つか　さま　　しゅうまつ　　　　　い

A：はい、阿里山へ　行きました。
ありさん　　い

阿里山鉄道に　乗りました。そして[12]、七面鳥ご飯[13]を　食べました。
ありさんてつどう　の　　　　　　　　　しちめんちょう　はん　　た

写真を　いっぱい[14]撮りました。
しゃしん　　　　　　と

B：いいですね。

B：誰と　行きましたか。
だれ　い

A：台湾の友達と　行きました。これは　台湾風のビスケット[15]です。どうぞ。
たいわん　ともだち　い　　　　　　たいわんふう

B：ええ？ありがとうございます。いただきます。

A：課長は　もう　帰りましたか。
かちょう　　　　かえ

B：いいえ、まだです。これから　会議です。
かいぎ

A：そうですか。大変[16]ですね。
たいへん

---

[12] そして　而且。

[13] 七面鳥ご飯　火雞肉飯的日文翻譯。
しちめんちょう　はん

[14] いっぱい　很多、滿滿的。

[15] 台湾風のビスケット　biscuit餅乾，方塊酥的日文翻譯。
たいわんふう

[16] 大変　很辛苦，很不得了。
たいへん

四 総合練習

練習1)（　　　）に適当な助詞を入れてください。

① いつ（　　　）高雄（　　　）来ましたか。

… 4月24日（　　　）来ました。

② 先月の11日（　　　）バス（　　　）森さんのうち（　　　）行きました。

… 一人（　　　）行きましたか。

… 友達（　　　）行きました。

③ あした どこ（　　　）行きますか。

… どこ（　　　）行きません。

練習2)（　　　）の中から最も適当なことばを選んでください。

① 日曜日　デパートへ（a.行きます　b.来ます）。

②（a.いつ　b.だれと）国へ 帰りますか。　… 来月　帰ります。

③ 一人で（a.×　b.と）歩いて（a.で　b.×）行きます。

④ 7月23日（a.に　b.×）日本へ 来ましたか。

⑤ いつ（a.に　b.×）日本へ 来ましたか。

… 7月23日（a.に　b.×）来ました。

⑥ 京都（a.へ　b.で）新幹線（a.へ　b.で）行きます。

練習3）（　　　）に最も適当な疑問詞を書きなさい。

例）これは（誰）のボールペンですか。… 李さんのです。

① 誕生日は（　　　　　）（　　　　　　　　）ですか。… 5月20日です。

② 台北まで 飛行機で（　　　　　　）ですか。…（　　　　　　）元です。

③ （　　　　　　　）と日本へ 行きますか。… 家族と 行きます。

④ （　　　　　　　）日本へ 行きますか。… 来週　行きます。

⑤ きょうは（　　　　　　）ですか。… 金曜日です。

⑥ （　　　　　　）で 台東へ 行きますか。… 電車で 行きます。

⑦ あした（　　　　　　）へ 行きますか。…どこも 行きません。

練習4）（　　　）に適当な助詞を入れてください。

① あした5時（　　）平成日本語学校（　　）日本語（　　）先生

（　　）会います。

② きのう（　　）晩　テープ（　　）聞きました。

③ わたしは 毎朝　野菜（　　）お粥[17]（　　）食べます。それから、

豆乳[18]（　　）飲みます。

④ けさは 何（　　）食べませんでした。

⑤ きのうバス（　　）デパート（　　）行きました。デパート（　　）

くつ（　　）かばん（　　）買いました。

---

[17] お粥　稀飯。

[18] 豆乳　豆漿。

アクセントの確認　　　　　　　　　　💿 請聴檔案36

文型2）

例）わたしは しちじに おきます。

① がっこうは よじさんじゅっぷんに おわります。

② よる じゅういちじに ねます。

③ まいあさ しちじじゅうごふんに おきます。

④ あした はたらきます。

⑤ にちようび（に）やすみます。

文型3）

例）なにを たべますか。

① おにぎりを たべます。

② ジュースを のみます。

③ たばこを すいます。

④ ケーキを きります。

⑤ しゃしんを とります。

⑥ テレビを みます。

⑦ てがみを かきます。

⑧ シャワーを あびます。

⑨ ざっしを よみます。

⑩ プレゼントを かいます。

^{ぶんけい}
文型4）

わたしは しちがつはつかに ともだちと ひこうきで にほんへ いきます。

^{れい}
例1）どこへ いきますか。

… わたしは にほんへ いきます。

^{れい}
例2）だれと いきますか。

… わたしは ともだちと いきます。

^{れい}
例3）なんで いきますか。

… わたしは ひこうきで いきます。

^{れい}
例4）いつ いきますか。

… わたしは しちがつにじゅうさんにちに いきます。

① わたしは さんがつふつかに にほんへ いきます。

② だいがくは くがつとおかに おわります。

③ わたしは かいしゃのひとと おおさかへ いきます。

④ わたしは オートバイで かいしゃへ いきます。

⑤ あした デパートへ いきます。

⑥ わたしは しんかんせんで たいぺいへ いきます。

⑦ ひとりで えいがを みます。

⑧ わたしは にちようび どこへも いきません。

Unit 7 私（わたし）は プレゼントを あげました。

一 動詞（どうし）（2）

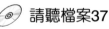 請聽檔案37

あげ<u>ます</u> 給・送	教（おし）え<u>ます</u> 教	入（はい）り<u>ます</u> 進入	乗（の）り<u>ます</u> 乘・坐
もらい<u>ます</u> 接受・得到	習（なら）い<u>ます</u> 學習	出（で）<u>ます</u> 出去	降（お）り<u>ます</u> 下車
貸（か）し<u>ます</u> 借（出）	送（おく）り<u>ます</u> 送	入学（にゅうがく）し<u>ます</u> 入學	出発（しゅっぱつ）し<u>ます</u> 出發
借（か）り<u>ます</u> 借（入）	かけ<u>ます</u> 打（電話）	卒業（そつぎょう）し<u>ます</u> 畢業	着（つ）き<u>ます</u> 到達

（ご）家族（かぞく）（家人）

おじ<u>い</u>さん 祖父（そふ）	ご 両親（りょうしん） 両親（りょうしん）	ご 兄弟（きょうだい） 兄弟（きょうだい）		ご 主人（しゅじん） 主人（しゅじん）　　夫（おっと）
おば<u>あ</u>さん 祖母（そぼ）	お父（とう）さん 父（ちち）	お兄（にい）さん 兄（あに） 哥哥	弟（おとうと） さん 弟（おとうと） 弟弟	奥（おく）さん 家内（かない）　　妻（つま）
おじさん おじ 叔叔・伯伯	お母（かあ）さん 母（はは）	お姉（ねえ）さん 姉（あね） 姐姐	妹（いもうと） さん 妹（いもうど） 妹妹	お子（こ）さん 子供（こども）
おばさん おば 姨・姑				娘（むすめ）さん 女兒 息子（むすこ）さん 兒子 娘（むすめ）　　息子（むすこ）

122

二 文型
（ぶんけい）

文型1）授受動詞（1）
（ぶんけい）（じゅじゅどうし）

☆ 平成知恵 袋
（へいせい ち え ぶくろ）

授予動詞要以主詞爲主，受詞可以省略。但如果自己是受惠者，應該以我爲主詞，以自己的立場來說！

あげます（給人）→　もらいます（得到）←　くれます（別人給我）←

貸します（借出）→　借ります（借入）←

教えます（教人）→　習います（學習）←

私は 先生に 本を もらいました。（○）
（わたし）（せんせい）（ほん）

先生は 私に 本を あげました。（×）
（せんせい）（わたし）（ほん）

例）先生は 陳さんに 本を あげます。
（れい）（せんせい）（ちん）（ほん）

　　＝陳さんは 先生に 本を もらいます。
（ちん）（せんせい）（ほん）

① 山田さんは 李さんに 日本語を 教えます。
（やま だ）（り）（に ほん ご）（おし）

　　＝ 李さんは 山田さんに 日本語を　（　　　　　　　）。
（り）（やま だ）（に ほん ご）

② 陳さんは 佐藤さんに シャツを あげました。
（ちん）（さ とう）

　　＝ 佐藤さんは 陳さんに シャツを（　　　　　　　）。
（さ とう）（ちん）

③ 林さんは 銀行から¹ お金を 借りました。
（りん）（ぎんこう）（かね）（か）

　　＝銀行は 林さんに お金を（　　　　　　　）。
（ぎんこう）（りん）（かね）

④ 黄さんは 山田さんに プレゼントを あげました。
（こう）（やま だ）

　　＝山田さんは 黄さんに プレゼントを（　　　　　　）。
（やま だ）（こう）

---

¹　授予動詞的對象用に，但如果對方是機構團體會用から。

⑤鈴木さんは 田中さんに 花を もらいました。

　　＝田中さんは 鈴木さんに 花を （　　　　　　　）。

Q：去年の誕生日に プレゼントを もらいましたか。
A：

文型2）授受動詞（2）

例）私の誕生日に 友達にプレゼントを （a.あげました　b.もらいました）。

① 私は 猿に 餌を （a.あげました　b.もらいました）

② 私は 赤ちゃんに ミルクを （a.あげました　b.もらいました）

③ 私は 課長に お中元を （a.あげました　b.もらいました）

④ 私は 母の日に 母に花を （a.あげました　b.もらいました）。

⑤ 私は 父の日に 子供に ネクタイを （a.あげました　b.もらいました）

文型3）授受動詞（3）

例）友達が （私に）本を （a.くれました　b.もらいました）

① 子どものとき、母が 本を （a.くれました　b.もらいました）

② 父は 私の誕生日に ネクタイを （a.あげました　b.くれました）。

③ 私は 誕生日に 父に ネクタイを （a.もらいました　b.くれました）。

④ 祖母が お菓子を （a.もらいました　b.くれました）。

⑤ 同僚が 私に 旅行のお土産を （a.もらいました　b.くれました）。

Q：バレンタインデー²に 恋人が チョコレート³を くれましたか。

Q：バレンタインデー[2]に 恋人が チョコレート[3]を くれましたか。

A：

文型4）発生場所

例）食堂・昼ご飯を 食べます

… 食堂[4]で 昼ご飯を 食べました。

① 家・ご飯を 食べます

… ＿＿＿＿＿＿＿＿＿＿＿＿＿＿。

② 医務室・薬を 飲みます

… ＿＿＿＿＿＿＿＿＿＿＿＿＿＿。

③ 公園・たばこを 吸います

… ＿＿＿＿＿＿＿＿＿＿＿＿＿＿。

④ 居間・テレビを 見ます

… ＿＿＿＿＿＿＿＿＿＿＿＿＿＿。

⑤ 図書館・本を 読みます

… ＿＿＿＿＿＿＿＿＿＿＿＿＿＿。

⑥ 遊園地・写真を 撮ります

… ＿＿＿＿＿＿＿＿＿＿＿＿＿＿。

⑦ 部屋・音楽を 聞きます

… ＿＿＿＿＿＿＿＿＿＿＿＿＿＿。

2　バレンタインデー　Valentine's Day 2月14日情人節。

3　チョコレート　chocolate 巧克力。

4　食堂　指一般的餐館。

⑧ デパート・パンを 買います

… ＿＿＿＿＿＿＿＿＿＿＿＿＿。

⑨ ゴルフ場・ゴルフ⁵を します

… ＿＿＿＿＿＿＿＿＿＿＿＿＿。

⑩ 東京駅の八重洲南口⁶・友達に 会います

… ＿＿＿＿＿＿＿＿＿＿＿＿＿。

Q：いつも どこで 晩ご飯を 食べますか。

A：

文型5）接着・移動・分離

例）飛行機は 6時に 東京に 着きます。

例）去年 大学を 出ました。

① あした 6時に 東京（　　　　）着きます。

② 太郎は 去年の4月に 小学校（　　　　）入りました。

③ 父は お風呂（　　　　）入ります。

④ あのレストラン（　　　　）入ります。

⑤ 6時の電車（　　　　）乗ります。

⑥ いつも コーヒー（　　　　）砂糖を 入れます。

5　ゴルフ　golf 高爾夫。

6　東京駅の八重洲南口　東京車站的一個出口，因日本的車站都有很多出口，所以與朋友約見面時一定要講好哪一個出口。

⑦ 母は 朝 いつも 公園（　　　）散歩します。

⑧ 喫茶店（　　　）友達に 会います。

⑨ 心斎橋で 地下鉄（　　　）降ります。

⑩ 速く信号（　　　）渡りましょう。

Q：コーヒーに ミルクを 入れますか。

A：

文型6）勧誘

例）今晩 いっしょに ごはんを 食べませんか。

… いいですね。食べましょう。

… すみません。今晩は ちょっと…。

① 日曜日 スカイツリーへ 行きます。いっしょに＿＿＿＿＿。

… ＿＿＿＿＿＿＿＿＿＿＿。

② いっしょに コーヒーを 飲みませんか。

… ＿＿＿＿＿＿＿＿＿＿＿。

③ いっしょに ビールを 飲みませんか。

… すみません。＿＿＿＿＿＿。

④ いっしょに ご飯を 食べませんか。

… ＿＿＿＿＿＿＿＿＿＿＿。

⑤ 今週の日曜日 いっしょに 映画を 見ませんか。

… すみません。＿＿＿＿＿＿。

Q：いっしょに コーヒーでも⁷ 飲みませんか。

A：

文型7）申し出

例）荷物⁸を 持ちましょうか。

…ええ、お願いします。

…いいえ、結構⁹です。

① 家まで 送りましょうか。

…＿＿＿＿＿＿＿＿＿＿＿＿＿＿＿。

② タクシー¹⁰を 呼びましょうか。

…＿＿＿＿＿＿＿＿＿＿＿＿＿＿＿。

③ エアコン¹¹を 消しましょうか。

…＿＿＿＿＿＿＿＿＿＿＿＿＿＿＿。

④ 仕事を 手伝い¹²ましょうか。

…＿＿＿＿＿＿＿＿＿＿＿＿＿＿＿。

⑤ 電気¹³を つけましょうか。

…＿＿＿＿＿＿＿＿＿＿＿＿＿＿＿。

7　〜でも　例示。

8　荷物　行李。

9　結構　不用了，可以了。

10　タクシー　taxi 計程車。（タクシーを呼ぶ　叫計程車）

11　エアコン　air conditioner 空調。（エアコンを消す　關空調）

12　手伝います　幫忙。（仕事を手伝う　幫忙工作）

13　電気　電燈、電力。（電気をつける　開電燈）

三 応用会話
おうようかい わ

🔘 請聴檔案38

場面：友達を訪問
ば めん　　ともだち　　ほうもん

（玄関で）
げんかん

A：いらっしゃい。

B：お邪魔します。
　　　じゃ ま

A：どうぞ。

B：これは ヨーロッパ[14] 出 張 のお土産です。
　　　　　　　　　　　　しゅっちょう　　みやげ

　　ありがとうございます。

（居間で）
い ま

A：コーヒー いかがですか[15]。

B：いいですね。いただきます[16]。

B：この時計　素敵[17]ですね。
　　　　と けい　す てき

A：ええ、誕生 日に 主人に もらいました。
　　　たんじょう び　　しゅじん

B：いいですね。羨 ましい[18]ですね。
　　　　　　　　うらや

14　ヨーロッパ　Europa 葡萄牙語 歐洲。

15　いかがですか、どうですか　如何。

16　いただきます　吃飯時（我開動了）或是接受別人東西時（我就不客氣了）。

17　素敵です　很棒，很合適。
　　す てき

18　羨ましい　很羨慕。
　　うらや

129

四 総合練習

練習1）（　　　）の中から最も適当なことばを選んでください。

① お正月　わたしは　お父さんに　お年玉を

（あげました・もらいました）。

② クリスマス[19]に　サンタクロース[20]は　子供に　プレゼントを

（あげます・もらいます）。

③ ななちゃんは　母の日[21]に　はなを（あげます・もらいます）。

④ お父さんは　父の日[22]に　ネクタイを（あげました・もらいました）。

⑤ 上野先生は　太郎くんに　日本語を（ならいます・おしえます）。

⑥ 次郎くんも　先生に　日本語を（ならいます・おしえます）。

⑦ わたしは　図書館で　本を（かりました・かしました）。

⑧ お父さんは　会社から　お金を（あげました・もらいました）。

⑨ 姉は　学校から　タオル[23]を（おくりました・もらいました）。

⑩ 私は　学生に　日本語の本を（あげました・もらいました）。

19　クリスマス　Christmas 聖誕節。

20　サンタクロース　Santa Claus 聖誕老公公。

21　母の日　5月的第2個星期日是母親節，與台灣一樣。

22　父の日　日本6月的第3個星期日是父親節，台灣是8月8日。

23　タオル　towel 毛巾。

練習2）同じ意味の答えを選んでください。

1）わたしは やまださんに ピアノを ならいました。

    a）やまださんは わたしに ピアノを おしえました。

    b）わたしは やまださんに ピアノを おしえました。

    c）やまださんは わたしに ピアノを みせました。

    d）わたしは やまださんに ピアノを みせました。

2）おととい としょかんへ いきました。

    a）ごはんを たべました。

    b）スポーツを しました。

    c）ほんを かりました。

    d）かいものを しました。

練習3）□の中から最も適当なことばを選んで、時制を変えて、

    それから、（　　）に助詞を書いてください。

飲みます	買います	勉強します
読みます	食べます	~~行きます~~

例）今日 バス（ で ）学校（ へ ）_行きます_。

① 昨日 スーパー（　　）たまご（　　）＿＿＿＿＿＿＿＿＿。

② 平成日本語学校（　　）7時（　　）9時（　　）＿＿＿＿＿＿＿。

③ 今晩 彼女（　　）レストラン（　　）小籠包（　　）＿＿＿＿＿。

④ 毎朝 会社（　　）新聞（　　）＿＿＿＿＿＿＿＿＿。

⑤ 先週 の日曜日 友達（　　）うち（　　）お酒（　　）＿＿＿＿＿。

アクセントの確認

文型 4）

例）しょくどうで ひるごはんを たべました。

① いえで ごはんを たべました。

② いむしつで くすりを のみました。

③ こうえんで たばこを すいました。

④ いまで テレビを みました。

⑤ としょかんで ほんを よみました。

⑥ ゆうえんちで しゃしんを とりました。

⑦ へやで おんがくを ききました。

⑧ デパートで パンを かいました。

⑨ ゴルフじょうで ゴルフを しました。

⑩ とうきょうえきのやえすみなみぐちで ともだちに あいました。

☆台湾のお土産

からすみ 烏魚子	紹興酒 紹興酒	煮付けたフルーツ 蜜餞	サンゴ 珊瑚
ウーロン茶 烏龍茶	高粱酒 高粱酒	葉書 明信片	人形劇の人形 布袋戲玩偶
茶器セット 茶具	太陽餅 太陽餅	月餅 月餅	大理石 大理石
ドライフルーツ 水果乾	チャイナドレス 旗袍	漢方薬 中藥	鉄ゆで卵 鐵蛋
パイナップルケーキ 鳳梨酥	判子 印章	ヒスイ 翡翠	湯のみ 茶碗

Unit 8 新^{あたら}しいペンを 買^かいました。

一デパート

💿 請聽檔案40

靴^{くつ}	傘^{かさ}	テーブル[1]	ブラウス[2]
鞋子	傘	桌子	女性襯衫
靴下^{くつした}	スカーフ[3]	ケーキ[4]	スリッパ[5]
襪子	絲巾	蛋糕	拖鞋
化粧品^{けしょうひん}	コート[6]	スカート[7]	人形^{にんぎょう}[8]
化妝品	外套	裙子	洋娃娃
香水^{こうすい}	ズボン[9]	スーツケース[10]	手袋^{てぶくろ}
香水	褲子	行李箱	手套
帽子^{ぼうし}	ベルト[11]	ワイシャツ[12]	財布^{さいふ}
帽子	皮帶	白襯衫	錢包

[1] テーブル　table 桌子。

[2] ブラウス　blouse 女性襯衫。

[3] スカーフ　scarf 絲巾。

[4] ケーキ　cake 蛋糕。

[5] スリッパ　slipper 拖鞋。

[6] コート　coat 外套。

[7] スカート　skirt 裙子。

[8] 人形^{にんぎょう}　洋娃娃。

[9] ズボン　jupon（法語）褲子。

[10] スーツケース　suit case 行李箱。

[11] ベルト　belt 皮帶。

[12] ワイシャツ　Y shirt 上班族的白襯衫。

二 文型

文型1）い形容詞

例）楽しいですか。

… いいえ、楽しくないです / 楽しくありません。

① 大きい…

② 小さい…

③ 新しい…

④ 古い…

⑤ 明るい…

⑥ 暗い…

⑦ いい…

⑧ まずい[13]…

⑨ 高い[14]…

⑩ 安い…

⑪ 低い…

⑫ 広い…

⑬ 狭い…

⑭ 寂しい…

⑮ 忙しい…

Q：仕事は どうですか。
A：

---

[13] まずい　不好吃，但「おいしくないです」比較不失禮。

[14] 高い　有高也有貴的意思。

文型2) な形容詞

例) 元気ですか。

… いいえ、元気じゃないです／元気じゃありません。

① 大変…

② 簡単…

③ 複雑…

④ ハンサム[15]…

⑤ 綺麗…

⑥ 有名…

⑦ 静か…

⑧ にぎやか…

⑨ 心配…

⑩ 得意…

⑪ 苦手…

⑫ 上手…

⑬ 下手…

⑭ 好き…

⑮ 嫌い…

Q：日本料理は　どうですか。
A：

---

[15] ハンサム　handsome 英俊。

文型3）+名詞

例）新しい・靴　…　新しい靴です。

　　きれい・花　…　きれいな花です。

① 有名・学校

② 静か・公園

③ 古い・時計

④ 大きい・机

⑤ 複雑・問題

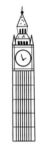

Q：台湾大学は　どんな大学ですか。
A：

文型4）い形容詞・な形容詞の2時制

	現在	現在否定	過去	過去否定
い形容詞	Aいです	Aくないです	Aかったです	Aくなかったです
な形容詞	Naです	Naじゃありません	Naでした	Naじゃありませんでした

例）きのう・暑い

…きのうは　暑かったです・きのうは　暑くなかったです。

① 旅行・楽しい

… ＿＿＿＿＿＿＿＿＿＿＿＿＿＿＿＿＿。

② 去年の冬・暖かい

… ＿＿＿＿＿＿＿＿＿＿＿＿＿＿＿＿＿。

③ 先月・忙しい

…_____。

④ 先週のテスト・難しい

…_____。

⑤ おととい・涼しい

…_____。

⑥ 昨日・暇

…_____。

⑦ 去年のお祭り・にぎやか

…_____。

⑧ きのう・雨

…_____。

⑨ ホテル・すてき

…_____。

⑩ 京都・静か

…_____。

Q：先週　お仕事は　どうでしたか。

A：

文型5）そして / が

例1）日本料理は どうですか。

　日本料理は おいしいです。そして、きれいです。

例2）中華料理は いかがですか。

　　そうですね。安いですが、油っこい[16]です。

　　＝安いです。でも 油っこいです。

① 算数は おもしろいです。そして、（　　　　　　　）。

② 日本語は 簡単です。そして、（　　　　　　　）。

③ 学校は 楽しいです。そして、（　　　　　　　）。

④ 雪は 綺麗ですが、（　　　　　　　）。

⑤ 英語は 難しいですが、（　　　　　　　）。

Q：日本語の勉強は どうですか。

A：

文型6）比較

例）台湾・日本・暑い

… 台湾は 日本より 暑いです。

① 台北・東京・小さい

…＿＿＿＿＿＿＿＿＿＿＿＿＿＿＿。

② 少女時代・AKB48・有名

…＿＿＿＿＿＿＿＿＿＿＿＿＿＿＿。

---

16 油っこい　油膩膩。

③日本料理・タイ料理・高い

…＿＿＿＿＿＿＿＿＿＿＿＿＿＿＿＿＿。

④台湾・インド・小さい

…＿＿＿＿＿＿＿＿＿＿＿＿＿＿＿＿＿。

⑤社長・社員・忙しい

…＿＿＿＿＿＿＿＿＿＿＿＿＿＿＿＿＿。

⑥大阪・福岡・にぎやか

…＿＿＿＿＿＿＿＿＿＿＿＿＿＿＿＿＿。

⑦電車・飛行機・遅い

…＿＿＿＿＿＿＿＿＿＿＿＿＿＿＿＿＿。

⑧自転車・オートバイ・やすい

…＿＿＿＿＿＿＿＿＿＿＿＿＿＿＿＿＿。

⑨ケーキ・プリン・おいしい

…＿＿＿＿＿＿＿＿＿＿＿＿＿＿＿＿＿。

⑩日本語・英語・やさしい

…＿＿＿＿＿＿＿＿＿＿＿＿＿＿＿＿＿。

Q：台北は 高雄より 暑いですか。

A：

文型7）二者比較

例）大阪・北海道・暑い

　　大阪と 北海道と どちらが 暑いですか。

　　… 大阪のほうが 暑いです。

① コーヒー・紅茶・好き

…＿＿＿＿＿＿＿＿＿＿＿＿＿＿。

② ライス・パン・ほしい

…＿＿＿＿＿＿＿＿＿＿＿＿＿＿。

③ 野菜スープ・コーンスープ・おいしい

…＿＿＿＿＿＿＿＿＿＿＿＿＿＿。

④ 関東・関西・にぎやか

…＿＿＿＿＿＿＿＿＿＿＿＿＿＿。

⑤ プリン・ケーキ・高い

…＿＿＿＿＿＿＿＿＿＿＿＿＿＿。

Q：日曜日と 土曜日と どちらが 忙しいですか。

A：

文型8）最高

例）乗り物で　何が　一番　速いですか。

… 新幹線が　一番　速いです。

① 台湾で　どこが　一番　綺麗ですか。

…（　　　　　　　　）が　一番　綺麗です。

② 1年で　いつが　一番　あついですか。

…（　　　　　　　　）が　一番　あついです。

③ 家族で　誰が　一番　背が高い[17]ですか。

…（　　　　　　　　）が　一番　たかいです。

④ 会社で　誰が　一番　おもしろいですか。

…（　　　　　　　　）が　一番　おもしろいです。

⑤ 日本料理で　何が　一番　好きですか。

…（　　　　　　　　）が　一番　好きです。

⑥ （　　　　　　　）で　野球が　一番　好きです。

⑦ （　　　　　　　）で　スイカ[18]が　一番　好きです。

⑧ （　　　　　　　）で　東京が　一番　にぎやかです。

⑨ （　　　　　　　）で　誰が　一番　若いですか。

⑩ （　　　　　　　）で　北海道が　一番　寒いです。

Q：日本で　どこが　一番　綺麗ですか。

A：

---

17 背が高い　身高很高。

18 スイカ　西瓜。

三 応用会話 _{おうようかいわ}

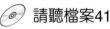 請聽檔案41

場面 _{ばめん} ：デパートで買い物 _か _{もの}

A：いらっしゃいませ。何か _{なに} お探しですか。 _{さが}

B：そうですね。友達の結婚式に _{ともだち} _{けっこんしき} プレゼントを あげますが、どんなものが

　　いいですか。

A：結婚式ですか。 _{けっこんしき} 日本では _{にほん} ペア[19]のものが いいですね。

　　ペアのコップは いかがですか。

B：コップは 割れますから、 _わ ちょっと …。

　　コップより 軽いもの、 _{かる} そして 小さいものが _{ちい} いいですね。

A：では、スプーンや、お箸などは _{はし} いかがですか。

B：いいですね、赤いお箸と _{あか} _{はし} 青いお箸を _{あお} _{はし} お願いします。 _{ねが}

A：かしこまりました。

---

[19] ペア　pair 一對一雙。

四 総合練習

練習1）例と同じように、反対のことばを線で結びましょう。

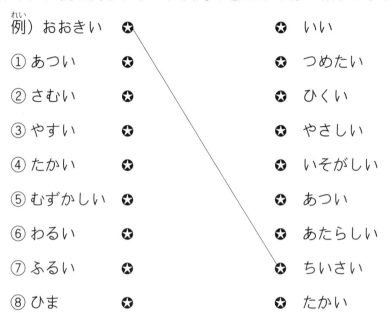

例）おおきい　✪　　　　✪　いい

① あつい　✪　　　　　✪　つめたい

② さむい　✪　　　　　✪　ひくい

③ やすい　✪　　　　　✪　やさしい

④ たかい　✪　　　　　✪　いそがしい

⑤ むずかしい ✪　　　　✪　あつい

⑥ わるい　✪　　　　　✪　あたらしい

⑦ ふるい　✪　　　　　✪　ちいさい

⑧ ひま　✪　　　　　　✪　たかい

練習2）例と同じように、○を書きましょう。

例）せんせいは　（きれいな・べんりな）ひとです。

① 嵐は　（ひまな・ゆうめいな）歌手です。

② 玉山は　（やすい・たかい）山です。

③ これは　（たかい・ひくい）時計です。

④ 台湾は　（あつい・さむい）国です。

⑤ 私 は　（さむい・つめたい）ミルクを のみます。

⑥ きのう　（ちいさい・やさしい）かばんを かいました。

⑦ （あたらしい・ひくい）レストランで すしを たべます。

⑧ お母さんに（いそがしい・あかい）はなを もらいました。

143

練習3）例と同じように、○を書きましょう。

例）私は　学生（⟨です⟩・ます）。

① 昨日は　休み（です・じゃありませんでした）。

② 教室は　綺麗（くないです・じゃありません）。

③ 牛乳は　あまり　おいし（くないです・じゃありません）。

④ 図書館は　昨日　やすみ（じゃありません・じゃありませんでした）。

⑤ 田中さんはきのう　元気（です・でした）。

⑥ 昨日のテストは　あまり　簡単（じゃありません・じゃありませんでした）。

⑦ 昨日の夜は　とても　暑かった（です・でした）。

⑧ 寿山は　有名（くなかったです・じゃありませんでした）。

⑨ 有川さんは　先週　あまり　忙し（くなかったです・いじゃありません）。

⑩ 日本語の勉強は　とても（いかったです・よかったです）。

練習4）質問に答えてください。

例）先生は どんな人ですか。

… 親切な人です。

① あなたのかばんは どれですか。

… あの ＿＿＿＿＿＿＿＿＿＿＿＿＿＿＿＿＿＿＿＿＿＿ 。

② 富士山は どんな山ですか。

… ＿＿＿＿＿＿＿＿＿＿＿＿＿＿＿＿＿＿＿＿＿＿＿＿ 。

③ 日本語の授業は どうですか。

… ＿＿＿＿＿＿＿＿＿＿＿＿＿＿＿＿＿＿＿＿＿＿＿＿ 。

④ お父さんは どんな人ですか。

… ＿＿＿＿＿＿＿＿＿＿＿＿＿＿＿＿＿＿＿＿＿＿＿＿ 。

⑤ 旅行は どうでしたか。

… ＿＿＿＿＿＿＿＿＿＿＿＿＿＿＿＿＿＿＿＿＿＿＿＿ 。

アクセントの確認 　　　　　　　　　　　◎ 請聽檔案42

文型1）

例）たの￢しいですか。

…いい￢え、たの￢しくな￢いです。たの￢しくありま￢せん。

① いい￢え、おお￢きくな￢いです。おお￢きくありま￢せん。

② いい￢え、ちい￢さくな￢いです。ちい￢さくありま￢せん。

③ いい￢え、あたら￢しくな￢いです。あたら￢しくありま￢せん。

④ いい￢え、ふ￢るくな￢いです。ふ￢るくありま￢せん。

⑤ いい￢え、あか￢るくな￢いです。あか￢るくありま￢せん。

⑥ いい￢え、く￢らくな￢いです。く￢らくありま￢せん。

⑦ いい￢え、おい￢しくな￢いです。おい￢しくありま￢せん。

⑧ いい￢え、ま￢ずくな￢いです。ま￢ずくありま￢せん。

⑨ いい￢え、た￢かくな￢いです。た￢かくありま￢せん。

⑩ いい￢え、や￢すくな￢いです。や￢すくありま￢せん。

⑪ いい￢え、ひ￢くくな￢いです。ひ￢くくありま￢せん。

⑫ いい￢え、ひ￢ろくな￢いです。ひ￢ろくありま￢せん。

⑬ いい￢え、せ￢まくな￢いです。せ￢まくありま￢せん。

⑭ いい￢え、さび￢しくな￢いです。さび￢しくありま￢せん。

⑮ いい￢え、いそが￢しくな￢いです。いそが￢しくありま￢せん。

文型2）

例) げんきですか。

… いいえ、げんきじゃないです・げんきじゃありません。

① いいえ、たいへんじゃないです・たいへんじゃありません。

② いいえ、かんたんじゃないです・かんたんじゃありません。

③ いいえ、ふくざつじゃないです・ふくざつじゃありません。

④ いいえ、ハンサムじゃないです・ハンサムじゃありません。

⑤ いいえ、きれいじゃないです・きれいじゃありません。

⑥ いいえ、ゆうめいじゃないです・ゆうめいじゃありません。

⑦ いいえ、しずかじゃないです・しずかじゃありません。

⑧ いいえ、にぎやかじゃないです・にぎやかじゃありません。

⑨ いいえ、しんぱいじゃないです・しんぱいじゃありません。

⑩ いいえ、とくいじゃないです・とくいじゃありません。

⑪ いいえ、にがてじゃないです・にがてじゃありません。

⑫ いいえ、じょうずじゃないです・じょうずじゃありません。

⑬ いいえ、へたじゃないです・へたじゃありません。

⑭ いいえ、すきじゃないです・すきじゃありません。

⑮ いいえ、きらいじゃないです・きらいじゃありません。

文型3）

例）きれいなはなです。

① ゆうめいながっこうです。

② しずかなこうえんです。

③ ふるいとけいです。

④ おおきいつくえです。

⑤ ふくざつなもんだいです。

文型4）

例）きのう　あつかったです。きのう　あつくなかったです。

① りょこうは　たのしかったです。りょこうは　たのしくなかったです。

② きょねんのふゆは　あたたかかったです。きょねんのふゆは　あたたかくなかったです。

③ せんげつは　いそがしかったです。せんげつは　いそがしくなかったです。

④ せんしゅうのテストは　むずかしかったです。せんしゅうのテストは　むずかしく
なかったです。

⑤ おとといは　すずしかったです。おとといは　すずしくなかったです。

⑥ きのうは　ひまでした。おととしは　ひまじゃありませんでした。

⑦ きょねんのおまつりは　にぎやかでした。きょねんのおまつりは　にぎやかじゃあ
りませんでした。

⑧ きのうは　あめでした。きのうは　あめじゃありませんでした。

⑨ ホテルは　すてきでした。ホテルは　すてきじゃありませんでした。

⑩ きょうとは　しずかでした。きょうとは　しずかじゃありませんでした。

文型5）

例1) にほんりょうりは おいしいです。そして、きれいです。

例2) やすいですが、あぶらっこいです。

① さんすうは おもしろいです。そして、かんたんです。

② にほんごは かんたんです。そして、おもしろいです。

③ がっこうは たのしいです。そして、きれいです。

④ ゆきは きれいですが、さむいです。

⑤ えいごは むずかしいですが、たのしいです。

文型6）

例) たいわんは にほんより あついです。

① たいぺいは とうきょうより ちいさいです。

② しょうじょじだいは AKB48より ゆうめいです。

③ にほんりょうりは タイりょうりより たかいです。

④ たいわんは インドより ちいさいです。

⑤ しゃちょうは しゃいんより いそがしいです。

⑥ おおさかは ふくおかより にぎやかです。

⑦ でんしゃは ひこうきより おそいです。

⑧ じてんしゃは オートバイより やすいです。

⑨ ケーキは プリンより おいしいです。

⑩ にほんごは えいごより やさしいです。

149

文型7）

例）おおさかと ほっかいどうと どちらが あついですか。

…おおさかのほうが あついです。

① コーヒーと こうちゃと どちらが すきですか。

② ライスと パンと どちらが いいですか。

③ やさいスープと コーンスープと どちらが おいしいですか。

④ かんとうと かんさいと どちらが にぎやかですか。

⑤ プリンと ケーキと どちらが たかいですか。

文型8）

例）のりもので なにが いちばん　はやいですか。

① たいわんで どこが いちばん　きれいですか。

② いちねんで いつが いちばん　あついですか。

③ かぞくで だれが いちばん　せが たかいですか。

④ かいしゃで だれが いちばん　おもしろいですか。

⑤ にほんりょうりで なにが いちばん　すきですか。

⑥ スポーツで やきゅうが いちばん　すきです。

⑦ くだもので スイカが いちばん　すきです。

⑧ にほんで とうきょうが いちばん　にぎやかです。

⑨ クラスで だれが いちばん　わかいですか。

⑩ にほんで ほっかいどうが いちばん　さむいです。

☆台湾の屋台料理

臭豆腐（しゅうどうふ）	台湾式春捲（たいわんしきはるまき）	ソーセージ	スープなし麺（めん）
臭豆腐	春捲	香腸	乾麺
カキのオムレツ	台湾風煮込みもの（たいわんふうにこ）	焼き餃子（やぎょうざ）	客家麺（はっかめん）
蚵仔煎	滷味	鍋貼	板條
肉入り台湾もち（にくいたいわん）	台湾風揚げもの（たいわんふうあ）	おでん	焼きビーフン（や）
肉圓	鹽酥雞	關東煮	炒米粉
おこわ	台湾風バーガー（たいわんふう）	大根もち（だいこん）	牛肉入り麺（ぎゅうにくいめん）
米糕	割包	蘿蔔糕	牛肉麺
すり身団子スープ（みだんご）	さつま揚げ（あ）	粽（ちまき）	大判焼き（おおばんやき）
魚丸湯	甜不辣	粽子	紅豆餅
ワンタンスープ	カキ入り台湾そうめん（いたいわん）	芋ボール（いも）	香港式お粥（ほんこんしきかゆ）
餛飩湯	蚵仔麵線	地瓜球	廣東粥

Unit 9 私の町に 大きい図書館が あります。

（わたし）（まち）（おお）（と しょかん）

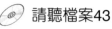

一 町（まち）

請聽檔案43

駅（えき）	病院（びょういん）	スーパー	デパート
車站	醫院	超市	百貨公司
銀行（ぎんこう）	郵便局（ゆうびんきょく）	コンビニ	ホテル
銀行	郵局	便利商店	飯店
交番（こうばん）	喫茶店（きっ さ てん）	映画館（えい が かん）	レストラン
派出所	咖啡廳	電影院	餐廳
公園（こうえん）	本屋（ほん や）	学校（がっこう）	食堂（しょくどう）
公園	書店	學校	餐館

☆位置（い ち）

上（うえ）	中（なか）	横（よこ）	前（まえ）	右（みぎ）	そば
下（した）	外（そと）	隣（となり）	後ろ（うし）	左（ひだり）	～の 間（あいだ）

二 文型

文型1）は・が

例）象・鼻・長い

… 象は　鼻が　長いです。

① 高雄・人・親切

… ＿＿＿＿＿＿＿＿＿＿＿＿＿＿＿＿＿。

② 六甲山[1]・水・綺麗

… ＿＿＿＿＿＿＿＿＿＿＿＿＿＿＿＿＿。

③ 東京・物価・高い

… ＿＿＿＿＿＿＿＿＿＿＿＿＿＿＿＿＿。

④ 京都・寺・多い

… ＿＿＿＿＿＿＿＿＿＿＿＿＿＿＿＿＿。

⑤ 林さん・足・長い

… ＿＿＿＿＿＿＿＿＿＿＿＿＿＿＿＿＿。

⑥ 鈴木さん・背・高い

… ＿＿＿＿＿＿＿＿＿＿＿＿＿＿＿＿＿。

⑦ この家・庭・狭い

… ＿＿＿＿＿＿＿＿＿＿＿＿＿＿＿＿＿。

⑧ 中村屋[2]・カレーパン・有名

… ＿＿＿＿＿＿＿＿＿＿＿＿＿＿＿＿＿。

---

[1] 六甲山　六甲山位於神戶與阪神間，是花崗岩山脈。自然環境保護得很好，自古以來就是觀光勝地，可以去登山與觀賞夜景、或參觀西洋館的建築物。

[2] 中村屋　1901年創業在東京大學前，1909年移到新宿，是專賣日式甜點、中華肉包、咖哩的老店舖。

⑨ 阿里山（ありさん）・景色（けしき）・いい

… _____ 。

⑩ 東京（とうきょう）・人（ひと）・多（おお）い

… _____ 。

Q：台東（たいとう）は どんな所（ところ）ですか。

A：

文型（ぶんけい）2）所有（しょゆう）・感情（かんじょう）・能力（のうりょく）

例（れい）） 私（わたし）・りんご・好（す）きです

… 私（わたし） は りんごが 好（す）きです。

① 私（わたし） ・車（くるま）・あります

… _____ 。

② 私（わたし） ・日本語（にほんご）・わかります

… _____ 。

③ 山田（やまだ）さん・ 臭豆腐（しゅうどうふ）・嫌（きら）いです

… _____ 。

④ 陳（ちん）さん・ 料理（りょうり）・得意（とくい）です

… _____ 。

⑤ 鈴木（すずき）さん・数学（すうがく）・苦手（にがて）です

… _____ 。

⑥ 山田（やまだ）さん・英語（えいご）・ 上手（じょうず）です

… _____ 。

$$55 \times 6 \qquad 498 - 126$$

⑦ 謝さん・台湾語・下手です

… _____ 。

⑧ 陳さん・バドミントン³・できます

… _____ 。

⑨ 社長・フランス語・上手です

… _____ 。

⑩ 王さん・話・速いです

… _____ 。

作文：
私は _____ が

文型3）存在

例1）動物園に パンダが います。

例2）教室に 机が あります。

① 冷蔵庫・さしみ

… _____ 。

② 部屋・窓

… _____ 。

③ かばん・本

… _____ 。

_____

3 バドミントン badminton 羽毛球。

④ 公園<ruby>公園<rt>こうえん</rt></ruby>・いぬ

… ＿＿＿＿＿＿＿＿＿＿＿＿＿＿＿＿＿＿＿＿＿＿ 。

⑤ <ruby>机<rt>つくえ</rt></ruby>・<ruby>筆箱<rt>ふでばこ</rt></ruby>

… ＿＿＿＿＿＿＿＿＿＿＿＿＿＿＿＿＿＿＿＿＿＿ 。

⑥ テーブル・<ruby>花瓶<rt>かびん</rt></ruby>

… ＿＿＿＿＿＿＿＿＿＿＿＿＿＿＿＿＿＿＿＿＿＿ 。

⑦ たんす・<ruby>服<rt>ふく</rt></ruby>

… ＿＿＿＿＿＿＿＿＿＿＿＿＿＿＿＿＿＿＿＿＿＿ 。

⑧ <ruby>箱<rt>はこ</rt></ruby>・<ruby>猫<rt>ねこ</rt></ruby>

… ＿＿＿＿＿＿＿＿＿＿＿＿＿＿＿＿＿＿＿＿＿＿ 。

⑨ <ruby>水族館<rt>すいぞくかん</rt></ruby>・<ruby>魚<rt>さかな</rt></ruby>

… ＿＿＿＿＿＿＿＿＿＿＿＿＿＿＿＿＿＿＿＿＿＿ 。

⑩ <ruby>遊園地<rt>ゆうえんち</rt></ruby>・<ruby>子供<rt>こども</rt></ruby>

… ＿＿＿＿＿＿＿＿＿＿＿＿＿＿＿＿＿＿＿＿＿＿ 。

Q：ご<ruby>家族<rt>かぞく</rt></ruby>は　<ruby>何人<rt>なんにん</rt></ruby>ですか。
A：
（<ruby>提示<rt>ていじ</rt></ruby>：<ruby>兄<rt>あに</rt></ruby>、<ruby>弟<rt>おとうと</rt></ruby>、<ruby>姉<rt>あね</rt></ruby>、<ruby>妹<rt>いもうと</rt></ruby>）

<ruby>文型<rt>ぶんけい</rt></ruby>4) <ruby>位置<rt>いち</rt></ruby>

<ruby>例<rt>れい</rt></ruby>) <ruby>動物園<rt>どうぶつえん</rt></ruby>の<ruby>中<rt>なか</rt></ruby>に　（パンダ）　が　います。

① <ruby>冷蔵庫<rt>れいぞうこ</rt></ruby>の<ruby>中<rt>なか</rt></ruby>に　（　　　　　）　が　あります。

② <ruby>教室<rt>きょうしつ</rt></ruby>の<ruby>前<rt>まえ</rt></ruby>に　（　　　　　）　が　います。

③ <ruby>机<rt>つくえ</rt></ruby>の<ruby>下<rt>した</rt></ruby>に　（　　　　　）　が　あります。

④ <ruby>駅<rt>えき</rt></ruby>の<ruby>前<rt>まえ</rt></ruby>に　（　　　　　）　が　あります。

⑤ <ruby>受付<rt>うけつけ</rt></ruby>の<ruby>横<rt>よこ</rt></ruby>に　（　　　　　）　が　います。

Q：デパートの<ruby>近<rt>ちか</rt></ruby>くに　<ruby>何<rt>なに</rt></ruby>が　ありますか。
A：　　や　　や　などがあります。

☆ 量 詞 ☆

	物 (もの)	人（人） (ひと)	シャツ、紙（枚） (かみ)(まい)	順番（番） (じゅんばん)(ばん)
1	ひとつ	**ひとり**	いちまい	いちばん
2	ふたつ	**ふたり**	にまい	にばん
3	みっつ	さんにん	さんまい	さんばん
4	よっつ	**よにん**	よんまい	よんばん
5	いつつ	ごにん	ごまい	ごばん
6	むっつ	ろくにん	ろくまい	ろくばん
7	ななつ	ななにん しちにん	ななまい	ななばん
8	やっつ	はちにん	はちまい	はちばん
9	ここのつ	きゅうにん	きゅうまい	きゅうばん
10	とお	じゅうにん	じゅうまい	じゅうばん
?	いくつ	なんにん	なんまい	なんばん
	機械（台） (きかい)(だい)	年齢（歳） (ねんれい)(さい)	靴、靴下（足） (くつ)(くつした)(そく)	建物の階数（階） (たてもの)(かいすう)(かい)
1	いちだい	**いっさい**	**いっそく**	**いっかい**
2	にだい	にさい	にそく	にかい
3	さんだい	さんさい	**さんそく**	**さんがい**
4	よんだい	よんさい	よんそく	よんかい
5	ごだい	ごさい	ごそく	ごかい
6	ろくだい	ろくさい	ろくそく	**ろっかい**
7	ななだい	ななさい	ななそく	ななかい
8	はちだい	**はっさい**	**はっそく**	**はっかい**
9	きゅうだい	きゅうさい	きゅうそく	きゅうかい
10	じゅうだい	じゅっさい じっさい	じゅっそく じっそく	じゅっかい じっかい
?	なんだい	なんさい	なんそく	なんがい

158

	本、ノート（冊）	服（着）	回数（回）	小さい物（個）
1	**いっさつ**	**いっちゃく**	**いっかい**	**いっこ**
2	にさつ	にちゃく	にかい	にこ
3	さんさつ	さんちゃく	さんかい	さんこ
4	よんさつ	よんちゃく	よんかい	よんこ
5	ごさつ	ごちゃく	ごかい	ごこ
6	ろくさつ	ろくちゃく	**ろっかい**	**ろっこ**
7	ななさつ	ななちゃく	ななかい	ななこ
8	**はっさつ**	**はっちゃく**	**はっかい**	**はっこ**
9	きゅうさつ	きゅうちゃく	きゅうかい	きゅうこ
10	じゅっさつ	じゅっちゃく	じゅっかい	じゅっこ
	じっさつ	じっちゃく	じっかい	じっこ
?	なんさつ	なんちゃく	なんかい	なんこ

	家（軒）	細くて長い物（本）	飲み物（杯）	動物（匹）
1	**いっけん**	**いっぽん**	**いっぱい**	**いっぴき**
2	にけん	にほん	にはい	にひき
3	**さんげん**	**さんぼん**	**さんばい**	**さんびき**
4	よんけん	よんほん	よんはい	よんひき
5	ごけん	ごほん	ごはい	ごひき
6	**ろっけん**	**ろっぽん**	**ろっぱい**	**ろっぴき**
7	ななけん	ななほん	ななはい	ななひき
8	**はっけん**	**はっぽん**	**はっぱい**	**はっぴき**
9	きゅうけん	きゅうほん	きゅうはい	きゅうひき
10	じゅっけん	じゅっぽん	じゅっぱい	じゅっぴき
	じっけん	じっぽん	じっぱい	じっぴき
?	なんげん	なんぼん	なんばい	なんびき

文型5）量詞

例）動物園に 兎 が（1→　1匹　）います。

① 車 が（2→　　　　）あります。

② 切手を（10→　　　　）買いました。

③ りんごを（5→　　　　）ください。

④ 学校に 日本人の先生が（2→　　　　）います。

⑤ バナナが（8→　　　　）あります。

⑥ アイスクリームを（2→　　　　）ください。

⑦ 猫を（2→　　　　）見ました。

⑧ CDを（3→　　　　）買いました。

⑨ Tシャツが（2→　　　　）あります。

⑩ 卵 が（3→　　　　）あります。

⑪ ポテトを（1→　　　）ください。

⑫ 机 の上に コーラが（3→　　　　）あります。

⑬ 昨日 ラーメンを（2→　　　　）食べました。

⑭ 車 の前に 子供が（4→　　　　）います。

⑮ 先週 靴下を（1→　　　　）買いました。

【期間】

	時　間		期　間			
	小　時	分　鐘	天	星　期	月	年
1	いちじかん 1時間 一個小時	いっぷん 1分 一分鐘	いちにち 1日 一天	いっしゅうかん 1週間 一個星期、一週	いっかげつ 1か月 一個月	いちねん 1年 一年
2	にじかん 2時間	にふん 2分	ふつか 2日	にしゅうかん 2週間	にかげつ 2か月	にねん 2年
3	さんじかん 3時間	さんぷん 3分	みっか 3日	さんしゅうかん 3週間	さんかげつ 3か月	さんねん 3年
4	よじかん 4時間	よんぷん 4分	よっか 4日	よんしゅうかん 4週間	よんかげつ 4か月	よねん 4年
5	ごじかん 5時間	ごふん 5分	いつか 5日	ごしゅうかん 5週間	ごかげつ 5か月	ごねん 5年
6	ろくじかん 6時間	ろっぷん 6分	むいか 6日	ろくしゅうかん 6週間	ろっかげつ、 はんとし 6か月、半年	ろくねん 6年
7	ななじかん, しちじかん 7時間	ななふん、 しちふん 7分	なのか 7日	ななしゅうかん、 しちしゅうかん 7週間	ななかげつ、 しちかげつ 7か月	ななねん、 しちねん 7年
8	はちじかん 8時間	はっぷん 8分	ようか 8日	はっしゅうかん 8週間	はちかげつ、 はっかげつ 8か月	はちねん 8年
9	くじかん 9時間	きゅうふん 9分	ここのか 9日	きゅうしゅうかん 9週間	きゅうかげつ 9か月	きゅうねん、 くねん 9年
10	じゅうじかん 10時間	じゅっぷん、 じっぷん 10分	とおか 10日	じゅっしゅうかん、 じっしゅうかん 10週間	じゅっかげつ、 じっかげつ 10か月	じゅうねん 10年
?	なんじかん 何時間	なんぷん 何分	なんにち 何日	なんしゅうかん 何週間	なんかげつ 何か月	なんねん 何年

文型6) 期間

例) どのくらい　日本語を　勉強しましたか。

… (　6か月　) 勉強しました。

① どのくらい　英語を　勉強しましたか。

… (　　　か月　) 勉強しました。

② 台湾から　日本まで　飛行機で　どのくらい　かかりますか。

… (　　　時間　) かかります。

③ 1週間に　何回　日本語を　勉強しますか。

… (　　　回　) 勉強します。

④ 何日　旅行　しますか。

… (　　　　　　) 旅行します。

⑤ 日本に　何週間　いますか。

… (　　　週間　) います。

Q: 野球の試合はどのぐらい　かかりますか

A:

文型7）頻度

例）一週間に 4時間 日本語を 勉強します。

① 1年（　　　　）1回 日本へ 行きます。

② この薬を 一日（　　　　）3回 飲みます。

③ 月（　　　　）一回 残業 します。

④ 1か月（　　　　）4回 スポーツを します。

⑤ 一日（　　　　）7時間 寝ます。

Q：一ケ月に 何回 映画を 見ますか。
A：

三 応用会話
（おうようかいわ）

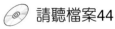
請聽檔案44

☆　ご注文は 何ですか。　☆
（ちゅうもん）（なん）

バーガー	サイドメニュー	ドリンクメニュー
ハンバーガー ￥270	フライドチキン ￥210	コーラ S￥150　M￥180　L￥200
チーズバーガー ￥290	ポテト ￥190	ホットティー ￥190
チキンバーガー ￥280	アップルパイ ￥160	アイスティー ￥190
てりやきバーガー ￥300	チキンナゲット ￥210	オレンジジュース ￥210
フィッシュバーガー ￥300	アイスクリーム ￥180	コーヒー ￥200

店員：いらっしゃいませ。ご注文は お決まりです⁴か。

客 ：ええと⁵、ハンバーガーを 二つ ください。

店員：はい、ハンバーガーを 二つですね。ドリンクはいかがですか。

客 ：コーラを ひとつと コーヒーを ひとつ ください。

店員：サイズは？

客 ： M サイズです。

店員：ご注文は 以上で よろしいですか。

客 ：はい。

店員：お会計は 920円 です。

店員：① 5000円 お預かりします。

4080円 の お返しです。

② ちょうど⁶ 920 円 いただきます⁷。

ありがとうございました。 また お越しくださいませ。

4　お決まりですか　您已經決定了嗎？

5　ええと　在想接下來要說什麼的發語詞。

6　ちょうど　剛剛好。

7　いただきます　我拿到……，或吃東西前說我要開動了。

四 練習問題

練習1)　(　　　)に適当な助詞か×を入れてください。

① はがき (　　　) 8枚と50円の切手 (　　　) 5枚 (　　　) 買います。

② 教室 (　　　) 学生 (　　　) 10人ぐらい (　　　) います。

③ 1週間 (　　　) 何回 (　　　) 喫茶店 (　　　) 行きますか。

④ 毎日 (　　　) 1回 (　　　) 彼女 (　　　) 電話 (　　　) かけます。

⑤ 台北 (　　　) 高雄 (　　　) バス (　　　) 4時間ぐらい (　　　) かかります。

⑥ わたしの家族は 6人です。 両親 (　　　) 姉 (　　　) 2人 (　　　) 弟

(　　　) 1人 (　　　) います。

⑦ 去年 2週間 (　　　) 会社 (　　　) 休みました。

⑧ あなたの会社 (　　　) 外国人 (　　　) 社員 (　　　) いますか。

⑨ デパート (　　　) かばんの専門店 (　　　) あります。

⑩ きのう デパート (　　　) シャツ (　　　) 2枚 買いました。

練習2)　(　　　)の中から最も適当なことばを選んでください。

① 銀行は どこ (a.に　b.で) ありますか。

… 公園の近く (a.に　b.×) です。

② みかんが (a.ひとつ　b.ひとり) あります。

③ 台北から 東京 まで 飛行機で (a.3時間半　b.3時半) かかります。

④ 1か月 (a.に　b.で) 一回 映画を みます。

⑤ 用事が ありますから、会社（a.で　b.を）休みます。

⑥ 兄弟は（a.全部で　b.みんな）元気です。

⑦ 喫茶店は この建物の右（a.の　b.から）2軒目です。

⑧ デパートの10階（a.に　b.で）本屋が あります。

⑨ Tシャツが（a.いちまい　b.いちだい）あります。

⑩ A：（a.いくら　b.いくつ）ありますか。　B：とお あります。

⑪ 犬が（a.あります　b.います）。

⑫ A：今 家に だれが いますか。　B：（a.だれが　b.だれも）いません。

⑬ 家の近く（a.に　b.で）先生に 会いました。

⑭ 冷蔵庫の中に さしみ（a.や　b.と）肉などが あります。

⑮ 三越デパートと そごうデパート（a.の　b.と）間に 何が あります

か。

練習3）（　　　　）の中に最も適当な疑問詞を書きなさい。

① 切手を（　　　　）買いますか。… 6枚買います。

② 1週間に（　　　　）パンを 食べますか。… 3回ぐらい食べます。

③ 平成日本語学校で（　　　　）日本語を 勉強 しましたか。

… 5か月ぐらい勉強 しました。

④ 会社に 日本人が（　　　　）いますか。… 3人 います。

⑤ 家から 会社まで オートバイで（　　　　）かかりますか。

… 30分ぐらい かかります。

練習4）例と同じように、線で結びましょう。

例）シャツ ✪

① ジュース ✪　　　　　　✪匹 (ひき)

② くつした ✪　　　　　　✪本 (ほん)

③ いぬ ✪　　　　　　　　✪台 (だい)

④ ラーメン ✪　　　　　　✪人 (にん)

⑤ カメラ ✪　　　　　　　✪足 (そく)

⑥ 自転車 (じてんしゃ) ✪　　　　✪枚 (まい)

⑦ 子供 (こども) ✪　　　　　　✪杯 (はい)

⑧ 切手 (きって) ✪

練習5）（　　　）の中 (なか) から最 (もっと) も適当 (てきとう) なことばを選 (えら) んでください。

① わたしのうちに ねこが ＿＿＿＿＿ います。

　　1）ふたつ　　2）ふたり　　3）にだい　　4）にひき

② うちのちかくに ほんやが ＿＿＿＿＿ あります。

　　1）にけん　　2）にさつ　　3）にほん　　4）にかい

③ まいつき ほんを ＿＿＿＿＿ よみます。

　　1）さんさつ　　2）さんだい　　3）さんぼん　　4）さんまい

④ あそこに じてんしゃが ＿＿＿＿＿ とまっています。

　　1）いっぴき　　2）いっさつ　　3）いちまい　　4）いちだい

⑤ 1ケ月 (かげつ)＿＿＿＿＿1回 (かい) 国 (くに) の 家族 (かぞく) に 電話 (でんわ) を かけます。

　　1）に　　2）が　　3）の　　4）と

アクセントの確認

文型1)

例）ぞうは はなが ながいです。

① たかおは ひとが しんせつです。

② ろっこうさんは みずが きれいです。

③ とうきょうは ぶっかが たかいです。

④ きょうとは てらが おおいです。

⑤ はやしさんは あしが ながいです。

⑥ すずきさんは せが たかいです。

⑦ このいえは にわが せまいです。

⑧ なかむらやは カレーパンが ゆうめいです。

⑨ ありさんは けしきが いいです。

⑩ とうきょうは　ひとが　おおいです。

文型2)

例）わたしは りんごが すきです。

① わたしは くるまが あります。

② わたしは にほんごが わかります。

③ やまださんは しゅうどうふが きらいです。

④ ちんさんは りょうりが とくいです。

⑤ すずきさんは すうがくが にがてです。

⑥ かみやさんは えいごが じょうずです。

⑦ しゃさんは たいわんごが へたです。

⑧ ちんさんは バドミントンが できます。

⑨ しゃちょうは フランスごが じょうずです。

⑩ おうさんは はなしが はやいです。

文型3）

例1）どうぶつえんに パンダが います。

例2）きょうしつに つくえが あります。

① れいぞうこに さしみが あります。

② へやに まどが あります。

③ かばんに ほんが あります。

④ こうえんに いぬが います。

⑤ つくえに ふでばこが あります。

⑥ テーブルに かびんが あります。

⑦ たんすに ふくが あります。

⑧ はこに ねこが います。

⑨ すいぞくかんに さかなが います。

⑩ ゆうえんちに こどもが います。

文型4）

例）どうぶつえんのなかに パンダが います。

① れいぞうこのなかに さしみが あります。

② きょうしつのまえに がくせいが います。

③ つくえのしたに かばんが あります。

④ えきのまえに ぎんこうが あります。

⑤ うけつけのよこに せんせいが います。

文型5）

例) どうぶつえんに うさぎが いっぴきいます。

① くるまが にだい　あります。

② きってを じゅうまい　かいました。

③ りんごを いつつ（ごこ）　ください。

④ がっこうに にほんじんのせんせいが さんにんいます。

⑤ バナナが はっぽん　あります。

⑥ アイスクリームを ふたつ　ください。

⑦ ねこを にひき　みました。

⑧ CDを さんまい　かいました。

⑨ Tシャツが にまい　あります。

⑩ たまごが みっつ（さんこ）あります。

⑪ ポテトを ひとつ　ください。

⑫ つくえのうえに コーラが さんぼん　あります。

⑬ きのう ラーメンを にはい　たべました。

⑭ くるまのまえに こどもが ごにん　います。

⑮ せんしゅう くつしたを いっそく　かいました。

文型6）

例）どのぐらい　にほんごを　べんきょうしましたか。

…ろっかげつ　べんきょうしました。

① どのぐらい　えいごを　べんきょうしましたか。

…きゅうかげつ　べんきょうしました。

② たいわんから　にほんまで　ひこうきで　どのぐらい　かかりますか。

…よじかんぐらい　かかります。

③ いっしゅうがんに　なんかい　にほんごを　べんきょうしますか。

…にかい　べんきょうします。

④ なんにち　りょこうしますか。

…みっか　りょこうします。

⑤ にほんに　なんしゅうかん　いますか。

…いっしゅうかん　います。

文型7）

例）いっしゅうかんに　よじかん　にほんごを　べんきょうします。

① いちねんに　いっかい　にほんへ　いきます。

② このくすりを　いちにちに　さんかい　のみます。

③ つきに　いっかい　ざんぎょうします。

④ いっかげつに　よんかい　スポーツを　します。

⑤ いちにちに　ななじかん　ねます。

Unit 10 日本語を 話すことが できます。

ー ます形 と 辞書形

	肯定	否定
現在	・Vます （毎日 パンを 食べます。）	・Vません （毎日 パンを 食べません。）
過去	・Vました （昨日 パンを 食べました。）	・Vませんでした （昨日 パンを 食べませんでした。）

・Vませんか【勧誘】　　　　　　　・Vましょう【促進（一起）】

　（いっしょに パンを 食べませんか。）　　（パンを 食べましょう。）

・Vたいです【希望】　　　　　　　・Vに 行きます【目的】

　（パンが 食べたいです。）　　　　（パンを 食べに 行きます。）

全部 ます形の 変化

ます形→ 文が 終わる。

辞書に ありません。

辞書を 調べます。

辞書形→ 辞書形＋文型。

辞書に あります。

例）ます形：来ます　　食べます　　書きます

辞書形：来る　　食べる　　書く

☆ ます形 と 辞書形

ます形	辞書形
来ます	来る
食べます	食べる
書きます	書く

●「辞書形」は 動詞の 活用の 一種類。

●辞書……「ます形」は 辞書に ありません。

　「辞書形」は 辞書に あります。

　ですから「辞書形」と 言います。

173

☞ 動詞活用 の 種類

種類	辞書形	ます形
Ⅲグループ　　（か行変格活用）	く**る**	き**ます**
[不規則＝暗記！]（さ行変格活用）	す**る**	し**ます**
Ⅱグループ 規則：3文字	□＋**イ**＋**る**	**ます** □＋**イ**＋る
	□＋**エ**＋**る**	**ます** □＋**エ**＋る
	起_おき る	**ます** 起_おき る
	食_たべ る	**ます** 食_たべ る
2文字：　見る、いる、出る、寝る、着る	上一段動詞：起きる、降りる、借りる、浴びる、足りる、できる	
Ⅰグループ [其他]	□＋ウ 立_たつ	イ ▲ます ちます 立_たつ
	聞_きく	き ます 聞_き←
	話_{はな}す	し ます 話_{はな}す
	買_かう	い ます 買_かう

アイウエオ　イ[一段上]　ウ→[真ん中]　エ[一段下]

174

① 辞書形 ⇒ ます形

問題：下の □ の中の動詞を3つのグループに分けましょう！

動詞　　　　　　　　　　　　　　　　　　　　　　💿 請聽檔案46

でき る　・　来る　・　洗う　・　弾く　・　歌う　・　集める

捨てる　・　換える　・　運転する　・　遊ぶ　・　買う　・　見学する

読む　・　見る　・　分かる　・　聞く

---

② ます形 ⇒ 辞書形

問題：下の □ の中の動詞を3つのグループに分けましょう！

動詞　　　　　　　　　　　　　　　　　　　　　　💿 請聽檔案46

できます　・　来ます　・　洗います　・　弾きます　・　歌います

集めます　・　捨てます　・　換えます　・　運転します　・　遊びます

買います　・　見学します　・　読みます　・　聞きます　・　分かります

二 文型

文型1）希望・欲求

例1）私・台北へ 行きます（動作）

… 私 は 台北へ 行きたいです。

例2）私・お金（物）・ほしい

… 私 は お金が ほしいです。

175

① 冬休み・北海道へ 行きます

… ＿＿＿＿＿＿＿＿＿＿＿＿＿＿＿＿＿＿＿＿＿＿＿＿ 。

② 温泉に 入ります

… ＿＿＿＿＿＿＿＿＿＿＿＿＿＿＿＿＿＿＿＿＿＿＿＿ 。

③ おいしいコーヒーを 飲みます

… ＿＿＿＿＿＿＿＿＿＿＿＿＿＿＿＿＿＿＿＿＿＿＿＿ 。

④ 茶道を 勉強します

… ＿＿＿＿＿＿＿＿＿＿＿＿＿＿＿＿＿＿＿＿＿＿＿＿ 。

⑤ デジタルカメラ[1]を 買います

… ＿＿＿＿＿＿＿＿＿＿＿＿＿＿＿＿＿＿＿＿＿＿＿＿ 。

⑥ 新しい車・欲しい

… ＿＿＿＿＿＿＿＿＿＿＿＿＿＿＿＿＿＿＿＿＿＿＿＿ 。

⑦ 広い家・欲しい

… ＿＿＿＿＿＿＿＿＿＿＿＿＿＿＿＿＿＿＿＿＿＿＿＿ 。

⑧ 長い休み・欲しい

… ＿＿＿＿＿＿＿＿＿＿＿＿＿＿＿＿＿＿＿＿＿＿＿＿ 。

⑨ 恋人・欲しい

… ＿＿＿＿＿＿＿＿＿＿＿＿＿＿＿＿＿＿＿＿＿＿＿＿ 。

⑩ 新型の電子辞書・欲しい

… ＿＿＿＿＿＿＿＿＿＿＿＿＿＿＿＿＿＿＿＿＿＿＿＿ 。

---

[1] デジタルカメラ　digital camera 數位相機。

Q：いま　何が　一番　欲しいですか。

　　いま　何を　一番　したいですか。

A：

文型2）目的

例1）東京へ　行きます・買い物（名詞）

… 東京へ　買い物に　行きます。

例2）郵便局へ　行きます・手紙を　出します（動詞）

… 郵便局へ　手紙を　出しに　行きます。

① 公園へ　行きます・バーベキュー²

… _____。

② 琵琶湖へ　行きます・釣り

… _____。

③ 喫茶店へ　行きます・友達に　会います

… _____。

④ ホンコンへ　行きます・旅行

… _____。

⑤ 海へ　行きます・泳ぎます

… _____。

2　バーベキュー　barbecue 烤肉。

文型3）可能・能力

例1）日本語・できます（名詞）

… 日本語が できます。

例2）切手を 買います（動詞）

… 切手を 買うことが できます。

① 郵便局で

・手紙を 送ります。… ＿＿＿＿＿＿＿＿＿＿。

・お金を 振り込みます。… ＿＿＿＿＿＿＿＿＿＿。

・貯金します。… ＿＿＿＿＿＿＿＿＿。

・光熱費を 払います。… ＿＿＿＿＿＿＿＿＿。

② 新幹線で

・駅弁[3]を 食べます。… ＿＿＿＿＿＿＿＿＿。

・コーラを 飲みます。… ＿＿＿＿＿＿＿＿＿。

・音楽を 聞きます。… ＿＿＿＿＿＿＿＿＿。

・食事… ＿＿＿＿＿＿＿＿＿。

③ 図書館で

・本を 読みます。… ＿＿＿＿＿＿＿＿＿。

・本を 借ります。… ＿＿＿＿＿＿＿＿＿。

・ジュースを 飲みます。… ＿＿＿＿＿＿＿＿＿。

・たばこを 吸います。… ＿＿＿＿＿＿＿＿＿。

---

3 駅弁　各車站或列車上所販賣的特色便當。

④ 学校で

　・ 給食を 食べます。… ＿＿＿＿＿＿＿＿＿＿＿。

　・ 友だちと 遊びます。… ＿＿＿＿＿＿＿＿＿＿＿。

　・ スポーツ… ＿＿＿＿＿＿＿＿＿＿＿。

　・ テレビゲームを します。… ＿＿＿＿＿＿＿＿＿＿＿。

⑤ コンビニで

　・ カレーライス⁴を 買います。… ＿＿＿＿＿＿＿＿＿＿＿。

　・ コピーを します。… ＿＿＿＿＿＿＿＿＿＿＿。

　・ 雑誌を 読みます。… ＿＿＿＿＿＿＿＿＿＿＿。

　・ ホテルを 予約します。… ＿＿＿＿＿＿＿＿＿＿＿。

Q：車の運転が できますか。
A：

4　カレーライス　　carry rice 咖哩飯的簡稱。

文型4）V辞書形ことです。

例）趣味は 何ですか。

… 私の趣味は 映画を 見ることです。

① 本を 読みます。… ＿＿＿＿＿＿＿＿＿＿。

② ゴルフを します。… ＿＿＿＿＿＿＿＿＿＿。

③ 料理を 作ります。… ＿＿＿＿＿＿＿＿＿＿。

④ 旅行を します。… ＿＿＿＿＿＿＿＿＿＿。

⑤ 山に 登ります。… ＿＿＿＿＿＿＿＿＿＿。

⑥ 泳ぎます。… ＿＿＿＿＿＿＿＿＿＿。

⑦ 切手を 集めます。… ＿＿＿＿＿＿＿＿＿＿。

⑧ 写真を 撮ります。… ＿＿＿＿＿＿＿＿＿＿。

⑨ 音楽を 聞きます。… ＿＿＿＿＿＿＿＿＿＿。

⑩ ドライブ[5]を します。… ＿＿＿＿＿＿＿＿＿＿。

作文：私の趣味は ＿＿＿＿＿＿＿＿＿＿ ことです。

文型5）事前

例）いつ 手紙を 出しましたか。

… 会社へ 行くまえに 出しました。（動詞）

… 2日まえに 出しました。（数量詞）

… 休みのまえに 出します。（名詞）

5　ドライブ　drive 開車兜風。

① 学校へ 行くまえに 何を しますか。

… ＿＿＿＿＿＿＿＿＿＿＿＿＿＿＿＿＿＿＿。

② いつ 手を 洗いますか。

… ＿＿＿＿＿＿＿＿＿＿＿＿＿＿＿＿＿＿＿。

③ 外国へ 行くまえに 何を 買いますか。

… ＿＿＿＿＿＿＿＿＿＿＿＿＿＿＿＿＿＿＿。

④ テストのまえに 何を しますか。

… ＿＿＿＿＿＿＿＿＿＿＿＿＿＿＿＿＿＿＿。

⑤ 外食するまえに 予約しますか。

… ＿＿＿＿＿＿＿＿＿＿＿＿＿＿＿＿＿＿＿。

⑥ いつ 電車が きましたか。

… すこし まえに ＿＿＿＿＿＿＿＿＿＿＿＿＿。

⑦ いつ 日本へ 行きましたか。

…18年まえに ＿＿＿＿＿＿＿＿＿＿＿。

⑧ いつ 来ましたか。

…ちょっとまえに ＿＿＿＿＿＿＿＿＿＿＿。

⑨ いつ 卒業しましたか。

…3ケ月まえに ＿＿＿＿＿＿＿＿＿＿＿。

⑩ いつ 結婚しましたか。

…2週間まえに ＿＿＿＿＿＿＿＿＿＿＿。

Q：結婚するまえに 何を したいですか。

A：

三 応用会話
おうようかいわ

💿 請聴檔案47

場面：オフィスで
ばめん

A：おはようございます。今日は 早いですね。
きょう　　　 はや

B：そうですね。会議のまえに、いろいろなことを 準備しますから。
かいぎ　　　　　　　　　　　　　　　　じゅんび

A：そうですか。それは 大変ですね。
たいへん

B：すみません。このコピー機を 使うことが できますか。
き　　つか

A：いいえ、それは 故障 中 です。会議室のを 使ってください。
こしょうちゅう　　 かいぎしつ　　 つか

B：はい、わかりました。両面印刷も できますか。
りょうめんいんさつ

A：もちろん、大丈夫ですよ。
だいじょうぶ

B：はい、ありがとうございました。

四 練習問題
（れんしゅうもんだい）

練習1）（　　　　）に適当な助詞を入れてください。
（てきとう　じょし　い）

① A：何（　　　　）飲みたいですね。…B：ええ、そうですね。
（なに）（の）

② A：何（　　　　）飲みたいですか。…B：ジュースを　飲みたいです。
（なに）（の）（の）

③ わたしは日本（　　　　）行きたいです。そして友達（　　　　）会いた
（に ほん）（い）（ともだち）（あ）
いです。

④ 図書館（　　　　）何の本（　　　　）借り（　　　　）行きましたか。
（としょかん）（なん ほん）（か）（い）

⑤ 空港（　　　　）陳さん（　　　　）迎え（　　　　）行きましたか。
（くうこう）（ちん）（むか）（い）

⑥ 美術館（　　　　）絵（　　　　）見（　　　　）行きました。
（び じゅつかん）（え）（み）（い）

⑦ 平成日本語学校（　　　　）日本語（　　　　）勉強（　　　　）来まし
（へいせいにほんごがっこう）（にほんご）（べんきょう）（き）
た。

⑧ 郵便局（　　　　）手紙（　　　　）出し（　　　　）行きました。
（ゆうびんきょく）（て がみ）（だ）（い）

⑨ 秋葉原（　　　　）電気製品（　　　　）買い（　　　　）行きます。
（あき は ばら）（でん き せいひん）（か）（い）

⑩ 新しいパソコン（　　　　）ほしいです。
（あたら）

練習2）例と同じように、正しいものに○を書いてください。
（れい　おな）（ただ）（か）

例）市場（で・に）靴（を・で）買いました。
（れい　いちば）（くつ）（か）

① 洪さん（は・の）オートバイ（の・が）運転（が・を）できません。
（こう）（うんてん）

② 食事（に・の）まえに、ジュース（を・が）飲みたいですね。
（しょく じ）（の）

③ この本は 2週間（×・に）借りること（で・が）できます。
（ほん）（しゅうかん）（か）

④ 3月（に・の）玉山（で・に）お花見（を・が）できます。
（がつ）（ゆいさん）（はなみ）

⑤ お正月（に・の）まえに、新しい服（が・を）買いたいです。
（しょうがつ）（あたら）（ふく）（か）

練習3）例と同じように、正しいものに○を書いてください。

例）A：日本語を（話します・⟨話す⟩）ことが できますか。

　　B：はい、（話します・⟨話す⟩）ことが できます。

① A：いつ　昼ご飯を 食べましたか。

　　B：（3時間の・3時間）まえに 食べました。

② A：何メートル（泳ぎます・泳ぐ）ことが できますか。

　　B：100メートル（泳ぐ・泳ぎます）ことが できます。

③ A：市場で 車を（買う・買います）ことが できますか。

　　B：いいえ、（買う・買います）ことが できません。

④ A：いつ　この薬を 飲みますか。

　　B：（寝ます・寝る）まえに 飲みます。

⑤ A：もう　宿題を しましたか。

　　B：はい、（授業です・授業の）まえに しました。

アクセントの確認

文型1)

例1) わたしは たいぺいへ いきたいです。

例2) わたしは おかねが ほしいです。

① ふゆやすみに ほっかいどうへ いきたいです。

② おんせんに はいりたいです。

③ おいしいコーヒーを のみたいです。

④ さどうを べんきょうしたいです。

⑤ デジタルカメラを かいたいです。

⑥ あたらしいくるまが ほしいです。

⑦ ひろいいえが ほしいです。

⑧ ながいやすみが ほしいです。

⑨ こいびとが ほしいです。

⑩ しんがたのでんしじしょが ほしいです。

文型2)

例1) とうきょうへ かいものに いきます。

例2) ゆうびんきょくへ てがみを だしに いきます。

① こうえんへ バーベキューに いきます。

② びわこへ つりに いきます。

③ きっさてんへ ともだちに あいに いきます。

④ ホンコンへ りょこうに いきます。

⑤ うみへ およぎに いきます。

文型3)

例1) にほんごが できます。

例2) きってを かうことが できます。

① ゆうびんきょくで

てがみを おくることが できます。

おかねを ふりこむことが できます。

ちょきんすることが できます。

こうねつひを はらうことが できます。

② しんかんせんで

えきべんを たべることが できます。

コーラを のむことが できます。

おんがくを きくことが できます。

しょくじが できます。

③ としょかんで

ほんを よむことが できます。

ほんを かりることが できます。

ジュースを のむことが できません。

たばこを すうことが できません。

④ がっこうで

きゅうしょくを たべることが できます。

ともだちと あそぶことが できます。

スポーツが できます。

テレビゲームをすることが できません。

186

⑤ コンビニで

カレーライスを かうことが できます。

コピーすることが できます。

ざっしを よむことが できません。

ホテルを よやくすることが できます。

文型4）

例） しゅみは なんですか。

…わたしのしゅみは えいがをみることです。

① ほんを よむことです。

② ゴルフを することです。

③ りょうりを つくることです。

④ りょこうを することです。

⑤ やまに のぼることです。

⑥ およぐことです。

⑦ きってを あつめることです。

⑧ しゃしんを とることです。

⑨ おんがくを きくことです。

⑩ ドライブを することです。

文型5)

例) いつ　てがみを　だしましたか。

… かいしゃへ　いくまえに　だしました。

… ふつかまえに　だしました。

… やすみのまえに　だしました。

① がっこうへ　いくまえに　なにを　しますか。

… あさごはんを　たべます。

② いつ　てを　あらいますか。

… しょくじのまえに　あらいます。

③ がいこくへ　いくまえに　なにを　かいますか。

… おみやげを　かいます。

④ テストのまえに　なにを　しますか。

… ふくしゅうします。

⑤ がいしょくするまえに　よやくしますか。

… はい、いくまえに　よやくします。

⑥ いつ　でんしゃが　きましたか。

… すこし　まえに　きました。

⑦ いつ　にほんへ　いきましたか。

… 18ねんまえに　いきました。

⑧ いつ　きましたか。

… ちょっとまえに　きました。

⑨ いつ そつぎょうしましたか。

… 3かげつまえに そつぎょうしました。

⑩ いつ けっこんしましたか。

… にしゅうかんまえに けっこんしました。

☆　東京の町　☆

東京は 大都会です。いろいろなおもしろい所が あります。

例えば、（　　　　）に きれいな店やデパートや専門店などが あります。

（　　　　）は 電気屋の町です。

（　　　　）に 魚市場が あります。

（　　　　）は 本屋の町です。

（　　　　）は 官庁街です。

銀座	築地	神保町	秋葉原	霞ヶ関

Unit 11 待ってください。

| 一 辞書形とて形 |

種類	辞書形	て形
III グループ　　（か行変格活用）	く**る**	き**て**
[不規則＝暗記！]（さ行変格活用）	す**る**	し**て**
II グループ [規則] ア イ　　　[一段上] ウ→[正中] エ　　　[一段下] オ		**て** □＋**イ**＋**る**
	□＋**イ**＋**る**	□＋**イ**＋**る**
		て □＋**エ**＋**る**
	□＋**エ**＋**る**	□＋**エ**＋**る**
		て 起きる
	起きる	起きる
		て 食べる
	食べる	食べる
I グループ [五段動詞]　音便 かが行→いて さ行→して ばなま行→んで 他→って	□＋ⓊⓌ 立つ	っ**て** 立つ
	聞く	い**て** き ←
	話す	し**て** はな す
	読む	ん**で** 読む

190

① 辞書形　⇒　て形

問題：下 の □ の中 の動詞 を3つ のグループ に分けましょう！

動詞　　　　　　　　　　　　　　　　　　　◎ 請聴檔案49

できる ・	来る ・	洗う ・	弾く ・	歌う
捨てる ・	換える ・	運転する ・	遊ぶ ・	買う
読む ・	見る ・	分かる ・	聞く ・	集める

② ます形　⇒　て形

問題：下 の □ の中 の動詞 を3つ のグループ に分けましょう！

動詞　　　　　　　　　　　　　　　　　　　◎ 請聴檔案49

できます ・	来ます ・	洗います ・	弾きます ・	歌います
集めます ・	捨てます ・	換えます ・	運転します ・	遊びます
買います ・	見学します ・	読みます ・	聞きます ・	分かります

191

二 文型

文型1）順序

例）会社へ 行く・会議を する・それから 働く

… 会社へ 行って、会議を して、それから 働きます。

① 朝起きる・顔を 洗う・歯を 磨く

… ＿＿＿＿＿＿＿＿＿＿＿＿＿＿＿＿＿。

② 日本へ 行く・買い物を する・温泉に 入る

… ＿＿＿＿＿＿＿＿＿＿＿＿＿＿＿＿＿。

③ 東京駅で JR総武線快速に 乗る・錦糸町駅で 東京メトロ半蔵門線に 乗り換える ・押上駅で 降りる

… ＿＿＿＿＿＿＿＿＿＿＿＿＿＿＿＿＿。

④ 今日は 会社へ 行く・資料を 作る・中国へ 出張する

… ＿＿＿＿＿＿＿＿＿＿＿＿＿＿＿＿＿。

⑤ 大阪へ 行く・友達に 会う・いっしょに 映画を 見る

… ＿＿＿＿＿＿＿＿＿＿＿＿＿＿＿＿＿。

Q：今日 何を しましたか。
A：

文型2）請求

例）待つ

… 待ってください。

① 試験のまえに よく 勉強する

…＿＿＿＿＿＿＿＿＿＿＿＿＿＿＿＿。

② あしたも 来る

…＿＿＿＿＿＿＿＿＿＿＿＿＿＿＿＿。

③ どうぞ、熱いうちに¹ 食べる

…＿＿＿＿＿＿＿＿＿＿＿＿＿＿＿＿。

④ あした 早く 起きる

…＿＿＿＿＿＿＿＿＿＿＿＿＿＿＿＿。

⑤ 説明書を よく 読む

…＿＿＿＿＿＿＿＿＿＿＿＿＿＿＿＿。

⑥ よく 考える

…＿＿＿＿＿＿＿＿＿＿＿＿＿＿＿＿。

⑦ ここに 名前を 書く

…＿＿＿＿＿＿＿＿＿＿＿＿＿＿＿＿。

⑧ わからない言葉を 先生に 聞く

…＿＿＿＿＿＿＿＿＿＿＿＿＿＿＿＿。

⑨ 写真を 見せる

…＿＿＿＿＿＿＿＿＿＿＿＿＿＿＿＿。

---

¹ …うちに　趁…時。

⑩ どうぞ、入る

… ＿＿＿＿＿＿＿＿＿＿＿＿＿＿＿＿＿＿＿。

作文：

場面：携帯電話で通話 中

声が 小さいです。もっと ＿＿＿＿＿＿＿＿＿＿てください。

文型3) 許可、禁止

例) 食べてもいいですか。

… はい、どうぞ。

… いいえ、食べてはいけません。

① 夜　10時に 電話してもいいですか。

… ＿＿＿＿＿＿＿＿＿＿＿＿＿＿＿＿＿。

② ここに 座ってもいいですか。

… ＿＿＿＿＿＿＿＿＿＿＿＿＿＿＿＿＿。

③ 水を 入れてもいいですか。

… ＿＿＿＿＿＿＿＿＿＿＿＿＿＿＿＿＿。

④ あした　もう一度来てもいいですか。

… ＿＿＿＿＿＿＿＿＿＿＿＿＿＿＿＿＿。

⑤ 日曜日　出かけてもいいですか。

… ＿＿＿＿＿＿＿＿＿＿＿＿＿＿＿＿＿。

⑥ 今日は 休んでもいいですか。

… ＿＿＿＿＿＿＿＿＿＿＿＿＿＿＿＿＿。

⑦ この資料を コピーしてもいいですか。

… _____。

⑧ この手紙を 読んでもいいですか。

… _____。

⑨ ニックネーム² で 呼んでもいいですか。

… _____。

⑩ 朝、シャワーを 浴びてもいいですか。

… _____。

作文：

場面：飲み会に 参加

車で 来ましたから、今日は お酒を

文型4）現在進行

例）今、電話を <u>しています</u>。

① 田中さんは 今 何を していますか。

… _____。

② 社長は 今 何を していますか。

… _____。

③ 王さんは 今 何を していますか。

… _____。

（田中→影印、社長→講電話、王→
看報紙、陳→喝咖啡、鈴木→寫信）

---

2 ニックネーム　nickname 愛稱，小名、暱稱。

④陳さんは　今　何を　していますか。

…_____。

⑤鈴木さんは　今　何を　していますか。

…_____。

Q：家族の人は　いま　何を　していますか。
A：

文型5）習慣

例）毎日　日本語を　勉強する

…毎日　日本語を　勉強しています。

①コンピューターの会社で　働く

…_____。

②銀行に　勤める

…_____。

③大学で　英語を　教える

…_____。

④毎日　オートバイで　会社へ　行く

…_____。

⑤毎週　病院に　通う

…_____。

Q：どんな スポーツを していますか。

A：

文型6）結果継続

例）謝さん・結婚

…謝さんは 結婚しています。

① 東京に 住む

…＿＿＿＿＿＿＿＿＿＿＿＿＿＿＿。

② 車を 2台 持つ

…＿＿＿＿＿＿＿＿＿＿＿＿＿＿＿。

③ あの店で パンを 売る

…＿＿＿＿＿＿＿＿＿＿＿＿＿＿＿。

④ 市役所の電話番号を 知る

…＿＿＿＿＿＿＿＿＿＿＿＿＿＿＿。

⑤ このメールは 文字化け[3]する

…＿＿＿＿＿＿＿＿＿＿＿＿＿＿＿。

Q：学生時代、どこに 住んでいましたか。

A：

---

3 文字化け 亂碼。

文型7）動作の状態

例）陳さん・ヘルメット⁴・かぶる

…陳さんは ヘルメットを かぶっています。

① 鈴木さん・あそこに 座る

… ＿＿＿＿＿＿＿＿＿＿＿＿＿＿＿＿。

② 陳さん・赤いセーターを 着る

… ＿＿＿＿＿＿＿＿＿＿＿＿＿＿＿＿。

③ 木島さん・めがねを かける

… ＿＿＿＿＿＿＿＿＿＿＿＿＿＿＿＿。

④ 店員・立つ

… ＿＿＿＿＿＿＿＿＿＿＿＿＿＿＿＿。

⑤ あのモデルさん・ブーツ⁵を 履く

… ＿＿＿＿＿＿＿＿＿＿＿＿＿＿＿＿。

Q：先生は どんな服を 着ていますか。
A：

4　ヘルメット　helmet 安全帽。

5　ブーツ　boots 馬靴。

三 応用会話

🔘 請聽檔案50

☆ 私の一日 ☆

朝（時間）に 起きる → 顔を 洗う → 歯を 磨く → 新聞を 読む

（場所）で 朝ご飯を 食べる → （方法）で（場所）へ 行く →

（会議）を する → （対象）に 電話を 掛ける → 資料を 書く →

（時間）に（場所）で 昼ご飯を 食べる → 働く →

（時間）に 家へ 帰る → 子供と 遊ぶ → テレビを 見る →

それから

シャワーを 浴びる → お風呂に 入る → 日本語を 勉強する → 寝る

四　総合練習
そうごうれんしゅう

練習1）（　　　　　）の中から正しい動詞の変化を選んでください。
れんしゅう　　　　　　　　　　なか　　　ただ　　どうし　へんか　えら

① 事務所へ（a.きいて　b.きて　c.きって）ください。
　 じむしょ

② 今　すぐ　病院へ（a.いって　b.いいて　c.いて）ください。
　 いま　　　　びょういん

③ 手紙を（a.かって　b.かけて　c.かいて）ください。
　 てがみ

④ 今　雨が（a.ふって　b.ふりて　c.ふんで）います。
　 いま　あめ

⑤ ここに　荷物を（a.おきて　b.おいて　c.おって）ください。
　　　　　　にもつ

⑥ この辞書を（a.借りても　b.借りては　c.借りて）いいですか。
　　　じしょ　　か　　　　　　か　　　　　　か

⑦ 平成日本語学校の電話番号を（a.知っていますか　b.知りますか）。
　 へいせいにほんごがっこう　でんわばんごう　　　し　　　　　　　　　　し

練習2）（　　　　　）の中から最も適当な動詞を選んで、正しい形にして
れんしゅう　　　　　　　　　なか　もっと　てきとう　どうし　えら　　　ただ　かたち

　　　ください。

① 上野さんは　隣の部屋を（　　　　　　　　　）います。
　 うえの　　　　となり　へや

② あの会社は　電気製品を（　　　　　　　　　）います。
　　　かいしゃ　でんきせいひん

③ パソコンを　2台（　　　　　　　　）いますから、1台貸します。
　　　　　　　　だい　　　　　　　　　　　　　　　　だいか

④ 兄は　独身では　ありません。（　　　　　　　　）います。
　 あに　どくしん

⑤ 妹は　大学で（　　　　　　　　）います。
　 いもうと　だいがく

| 結婚します | 勉強します | 持ちます | 使います | 作ります |
| けっこん | べんきょう | も | つか | つく |

練習3）（　　　　）の中から正しいことばを選んでください。

① エアコンを（a.つけて　b.あけて　c.あげて）ください。

② 窓を（a.けして　b.しめて　c.きいて）ください。

③ ２６番のバスに 乗って、民権公園まえで（a.降りて　b.降って

　　c.降りって）ください。

アクセントの確認

文型1）

例）かいしゃへ いって、かいぎを して、それから はたらきます。

① あさ おきて、かおを あらって、それから はを みがきます。

② にほんへ いって、かいものを して、それから おんせんに はいります。

③ とうきょうえきで JRそうぶせんかいそくに のって、きんしちょうえきで とうきょうめとろはんぞうもんせんに のりかえて、それから おしあげえきで おります。

④ きょうは かいしゃへ いって、しりょうを つくって、それから ちゅうごくへ しゅっちょうします。

⑤ おおさかへ いって、ともだちに あって、それから いっしょに えいがを みます。

文型2）

例）まって ください。

① しけんのまえに よく べんきょうしてください。

② あしたも きてください。

③ どうぞ、あついうちに たべてください。

④ あした はやく おきてください。

⑤ せつめいしょを よく よんでください。

⑥ よく かんがえてください。

⑦ ここに なまえを かいてください。

⑧ わからないことばを せんせいに きいてください。

⑨ しゃしんを みせてください。

⑩ どうぞ、はいってください。

文型3）

例）たべてもいいですか。

…はい、どうぞ。

…いいえ、たべてはいけません。

① よる　じゅうじに でんわしてもいいですか。

② ここに すわってもいいですか。

③ みずを いれてもいいですか。

④ あした　もういちどきてもいいですか。

⑤ にちようび　でかけてもいいですか。

⑥ きょうは やすんでもいいですか。

⑦ このしりょを コピーしてもいいですか。

⑧ このてがみを よんでもいいですか。

⑨ ニックネームで よんでもいいですか。

⑩ あさ　シャワーを あびてもいいですか。

文型4）

例）いま　でんわを しています。

① たなかさんは いま　なにを していますか。

…たなかさんは いま　コピーしています。

② しゃちょうは いま　なにを していますか。

…しゃちょうは いま　でんわを しています。

③ おうさんは いま　なにを していますか。

…しんぶんを よんでいます。

④ ちんさんは いま　なにを していますか。

…コーヒーを のんでいます。

⑤ すずきさんは いま　なにを していますか。

…メールを かいています。

文型5)

例) まいにち　にほんごを べんきょうしています。

① コンピューターのかいしゃで はたらいています。

② ぎんこうに つとめています。

③ だいがくでえいごを おしえています。

④ まいにち　オートバイで かいしゃへ いっています。

⑤ まいしゅう　びょういんに かよっています。

文型6)

例) しゃさんは けっこんしています。

① とうきょうに すんでいます。

② くるまを にだい　もっています。

③ あのみせで パンを うっています。

④ しやくしょのでんわばんごうを しっています。

⑤ このメールは もじばけしています。

204

文型7）

例）ちんさんは ヘルメットを かぶっています。

① すずきさんは あそこに すわっています。

② ちんさんは あかいセーターを きています。

③ きじまさんは めがねを かけています。

④ てんいんは たっています。

⑤ あのモデルさんは ブーツを はいっています。

Unit 12 日本へ　行ったことが　あります。
にほん　　　い

☞ 動詞活用 の た形
どうしかつよう　　けい

種類 しゅるい	辞書形 じしょけい	た形 けい
III グループ　　（か行変格活用）	く**る**	き**た**
[不規則＝暗記！]（さ行変格活用）	す**る**	し**た**
II グループ		**た**
[規則]　　　　　　（上一段動詞）	□＋**イ**＋**る**	□＋**イ**＋**る**
（下一段動詞）	□＋**エ**＋**る**	**た** □＋**エ**＋**る**
	起 き る お	**た** 起 き る お
	食 べ る た	**た** 食 べ る た
I グループ	□＋Ⓦ	□＋ウ
[五段動詞]	立つ た	っ**た** 立つ た
かが行　→いて	聞く き	い**た** き ←
さ行→して	話す はな	し**た** はなす
ばなま行→んで	読む よ	ん**だ** 読む よ
他→って		

1）辞書形　⇒　た形

問題：下 の □ の中 の動詞 を3つ のグループ に分け ましょう！

動詞　　　　　　　　　　　　　　　　　　　　　　　 請聽檔案52

・帰る	・換える	・入る	・入れる	・出る
・出す	・切る	・来る	・話す	・勉強する
・貸す	・覚える	・働く	・行く	

2）ます形　⇒た形

問題：下 の □ の中 の動詞 を3つ のグループ に分け ましょう！

動詞　　　　　　　　　　　　　　　　　　　　　　　請聽檔案52

・できます	・借ります	・足ります	・起きます	・行きます
・浴びます	・降ります	・出ます	・切ります	・急ぎます
・見ます	・教えます	・貸します	・覚えます	

二　文型

文型1）過去の経験

例）日本・行く

…日本へ 行ったことが あります。

① 納豆・食べる

…_____。

② 救急車・乗る

…＿＿＿＿＿＿＿＿＿＿＿＿＿＿＿＿＿＿＿。

③ 富士山・登る

…＿＿＿＿＿＿＿＿＿＿＿＿＿＿＿＿＿＿＿。

④ ココナッツジュース¹・飲む

…＿＿＿＿＿＿＿＿＿＿＿＿＿＿＿＿＿＿＿。

⑤ 温泉旅館・泊まる

…＿＿＿＿＿＿＿＿＿＿＿＿＿＿＿＿＿＿＿。

⑥ 高雄・来る

…＿＿＿＿＿＿＿＿＿＿＿＿＿＿＿＿＿＿＿。

⑦ 日本料理・作る

…＿＿＿＿＿＿＿＿＿＿＿＿＿＿＿＿＿＿＿。

⑧ 日本語・勉強する

…＿＿＿＿＿＿＿＿＿＿＿＿＿＿＿＿＿＿＿。

⑨ 歌舞伎・見る

…＿＿＿＿＿＿＿＿＿＿＿＿＿＿＿＿＿＿＿。

⑩ アイフォン・買う

…＿＿＿＿＿＿＿＿＿＿＿＿＿＿＿＿＿＿＿。

Q：日本へ 行ったことが ありますか。

A：

1　ココナッツジュース　coconut water 椰子汁。

文型2）例示

例）日曜日・買い物する・掃除する

…日曜日　買い物を　したり、掃除を　したりします。

① 先月・出張する・残業する

… ＿＿＿＿＿＿＿＿＿＿＿＿＿＿＿＿＿＿。

② 毎晩・テレビを　見る・インターネットを　する

… ＿＿＿＿＿＿＿＿＿＿＿＿＿＿＿＿＿＿。

③ 休みの日・自転車に　乗る・ジム²に　いく

… ＿＿＿＿＿＿＿＿＿＿＿＿＿＿＿＿＿＿。

④ あした・料理を　作る・セーターを　編む

… ＿＿＿＿＿＿＿＿＿＿＿＿＿＿＿＿＿＿。

⑤ 毎朝・新聞を　読む・ニュースを　見る

… ＿＿＿＿＿＿＿＿＿＿＿＿＿＿＿＿＿＿。

Q：日曜日　いつも　何を　していますか。
A：

文型3）たとえ

例）雨が　降る・大変

…雨が　降ったりすると、大変です。

2　ジム　training gym 健身房。

① 会議に 遅刻する・お客さんに 悪い

… _____。

② 一緒に 電車に 乗る・ずっと おしゃべり³する

… _____。

③ インスタントラーメン⁴に 野菜を 入れる・おいしい

… _____。

④ 旅行 中 病 気に なる・大変 困る

… _____。

⑤ 私の家は 狭い・友達が くる・座る場所もない

… _____。

作文：新しい服を 買ったりすると、

文型4）動詞仮定・接続

例1）雨が 降る・行かない

…（もし）雨が 降ったら、行きません。

例2）歯を 磨く・寝る

…歯を 磨いたら、寝ます。（＝てから）

① 買い物する・時間を 忘れる

… _____。

---

3 おしゃべり 愛説話、閒談。

4 インスタントラーメン （instant remen - instant noodles）速食麵。

② 車が ある・バスに 乗りたくない

…_____。

③ 日本へ 留学に 行く・日本語が 上手に なる

…_____。

④ 宝くじが 当たる・働かない

…_____。

⑤ 説明書を 読む・使い方が わかる

…_____。

⑥ 手を 洗う・食事する

…_____。

⑦ 雪が 止む・出発する

…_____。

⑧ 電話を する・友達の家へ 行く

…_____。

⑨ 日本へ 行く・新潟県の煎餅を 買う

…_____。

⑩ 京都へ 出張する・清水寺に 寄る

…_____。

Q：宝くじが 当たったら、何を しますか。
A：
Q：日本に 着いてから、どこへ 行きたいですか。
A：

文型5）　逆接

例）雨が 降る・行く

… （いくら）雨が 降っても、行きます。

① お金がある・買う

…＿＿＿＿＿＿＿＿＿＿＿＿＿＿＿＿＿。

② 休み・残業 する

…＿＿＿＿＿＿＿＿＿＿＿＿＿＿＿＿＿。

③ 結婚する・名前を 変えない

…＿＿＿＿＿＿＿＿＿＿＿＿＿＿＿＿＿。

④ わかる・教えない

…＿＿＿＿＿＿＿＿＿＿＿＿＿＿＿＿＿。

⑤ 年を取る・働く

…＿＿＿＿＿＿＿＿＿＿＿＿＿＿＿＿＿。

Q：年を 取っても、働きますか。
A：

文型6）その後

例）お風呂に 入る・ビールを 飲む

…お風呂に 入ったあとで、ビールを 飲みます。

① 話を 聞く・質問する

…＿＿＿＿＿＿＿＿＿＿＿＿＿＿＿＿＿。

② 仕事が 終わる・映画を 見る

…＿＿＿＿＿＿＿＿＿＿＿＿＿＿＿＿＿。

③ ご飯を 食べる・温かいお茶を 飲む

…＿＿＿＿＿＿＿＿＿＿＿＿＿＿＿＿＿。

④ お客さんが 帰る・会議室を 片付ける

…＿＿＿＿＿＿＿＿＿＿＿＿＿＿＿＿＿。

⑤ 昼ご飯を 食べる・昼寝を する

…＿＿＿＿＿＿＿＿＿＿＿＿＿＿＿＿＿。

Q：食事を したあとで、すぐ お風呂に 入りますか。
A：

213

三 応用会話
おうようかい わ

場面：**会社で同僚同士**
ば めん　　かいしゃ　どうりょうどう し

A：週末 いつも 何を していますか。
　　しゅうまつ　　　　　なに

B：そうですね。部屋を 掃除したり、洗濯したり しています。
　　　　　　　　へ や　　そう じ　　　　せんたく

A：えっ、そうですか。外へ 出かけませんか。
　　　　　　　　　　　　そと　で

B：そうですね。あまり 出かけませんね。
　　　　　　　　　　　　　で

A：東京 タワーへ いったことが ありますか。
　　とうきょう

B：いいえ、東京に 来てから、まだ 一度も 行ったことが ありません。
　　　　　とうきょう　き　　　　　　いち ど　　い

A：今週 の日曜日、一緒に 行きましょう。
　　こんしゅう　にちようび　いっしょ　い

B：はい、ぜひ お願いします。
　　　　　　　　ねが

A：もし、雨が 降ったら、おしゃれなバー⁵へ いきましょう。
　　　　あめ　ふ

B：いいですね。楽しみですね。
　　　　　　　たの

5　バー　Bar 酒吧。

四 **総合練習**
そうごうれんしゅう

練習1）（　　　　　）の中から**適当**なことばを**選**んでください。

① 新幹線の中で 電話を（a.かける　b.かけた）ことが できますか。

② 私は 大坪さんの奥さんに（a.会った　b.会う）ことが あります。

③ 一度も 刺身を（a.食べる　b.食べた）ことが ありません。

④ 私は 大阪に（a.住む　b.住んだ）ことが あります。

⑤ さくらを（a.見る　b.見た）ことが あります。

⑥ 私は 馬に（a.乗る　b.乗った）ことが あります。

⑦ 日曜日 音楽を（a.聞く　b.聞いた）り、本を（a.読む　b.読んだ）り

します。

⑧ ごみを（a.捨てる　b.捨てた）まえに 分類してください。

⑨ ここで 写真を（a.撮る　b.撮った）ことが あります。

⑩ ここで 写真を（a.撮っても　b.撮る）いいですか。

⑪ 私の趣味は（a.泳ぐ　b.泳いだ）ことです。

⑫ 朝（a.起きる　b.起きて）、顔を（a.洗う　b.洗って）、食事します。

⑬ あの人は 門の前を（a.行ったり 来たり　b.来たり 行ったり ）してい

ます。

⑭ 毎日 来てください。（a.来たり 来なかったり　b.来なかったり 来た

り）では 困ります。

⑮ 台北は 冬に（a.なったりすると　b.なったり　c.なって）よく雨が降

ります。

215

練習2）

① A：ライチを 食べたことが ありますか。

　　B：いいえ、（a.一度も　b.初めて）です。

② A：富士山に 登ったことが ありますか。

　　B：いいえ、ありません。ぜひ（a.一度　b.もう一度）登りたいです。

③ 最近、忙しいですから、（a.なかなか　b.ぜひ）東京へ 行くことが で

　　きません。

④ 休みに（a.よく　b.ぜひ）遊びに 来て下さい。

⑤ 私は おととい（a.刺身を 食べたことが あります　b.初めて 刺身を 食

　　べました）。

アクセントの確認

文型1)

例) にほんへ いったことが あります。

① なっとうを たべたことが あります。

② きゅうきゅうしゃに のったことが あります。

③ ふじさんに のぼったことが あります。

④ ココナッツジュースを のんだことが あります。

⑤ おんせんりょかんに とまったことが あります。

⑥ たかおへ きたことが あります。

⑦ にほんりょうりを つくったことが あります。

⑧ にほんごを べんきょうしたことが あります。

⑨ かぶきを みたことが あります。

⑩ アイフォンを かったことが あります。

文型2)

例) にちようび かいものを したり、そうじを したりします。

① せんげつ、しゅっちょうしたり、ざんぎょうしたりしました。

② まいばん、テレビを みたり、インターネットを したりしています。

③ やすみのひに、じてんしゃに のったり、ジムに いったりしています。

④ あした、りょうりを つくったり、セーターを あんだりします。

⑤ まいあさ、しんぶんを よんだり、ニュースを みたりしています。

文型3）

例）あめが　ふったりすると、たいへんです。

① かいぎに　ちこくしたりすると、おきゃくさんに　わるいです。

② いっしょに　でんしゃに　のったりすると、ずっと　おしゃべりします。

③ インスタントラーメンに　やさいを　いれたりすると、おいしいです。

④ りょこうちゅう　びょうきに　なったりすると、たいへん　こまります。

⑤ わたしのうちは　せまいですから、ともだちが　きたりすると、すわるばしょもあ
　りません。

文型4）

例1）もし　あめが　ふったら、いきません。

例2）はを　みがいたら、ねます。

① かいものしたら、じかんを　わすれます。

② くるまが　あったら、バスに　のりたくありません。

③ にほんへ　りゅうがくに　いったら、にほんごが　じょうずに　なります。

④ たからくじが　あたったら、はたらきません。

⑤ せつめいしょを　よんだら、つかいかたが　わかります。

⑥ てを　あらったら、しょくじします。

⑦ ゆきが　やんだら、しゅっぱつします。

⑧ でんわを　したら、ともだちのいえへ　いきます。

⑨ にほんへ　いったら、にいがたけんのせんべいを　かいます。

⑩ きょうとへ　しゅっちょうしたら、きよみずでらに　よります。

文型5）

例）あめが ふっても、いきます。

① おかねがあっても、かいません。

② やすんでも、ざんぎょうします。

③ けっこんしても、なまえをかえません。

④ わかっても、おしえません。

⑤ としをとっても、はたらきます。

文型6）

例）おふろに はいったあとで、ビールを のみます。

① はなしを きいたあとで、しつもんします。

② しごとが おわったあとで、えいがを みます。

③ ごはんを たべたあとで、あたたかいおちゃを のみます。

④ おきゃくさんが かえったあとで、かいぎしつを かたづけます。

⑤ ひるごはんを たべたあとで、ひるねを します。

Unit 13 話_{はな}さないで下_{くだ}さい。

一 辞書形_{じしょけい} と ない形_{けい}

種類_{しゅるい}	辞書形_{じしょけい}	ない形_{けい}
Ⅲグループ 　　　（か行変格活用）	く　**る**	こ　**ない**
[不規則＝暗記！] （さ行変格活用）	す　**る**	し　**ない**
Ⅱグループ		**ない**
規則：3文字　　　　　（上一段動詞）	□＋**イ**＋**る**	□＋**イ**＋る
（下一段動詞）		**ない**
	□＋**エ**＋**る**	□＋**エ**＋る
	起_おきる	起_おき**ない**
	食_たべる	食_たべ**ない**
Ⅰグループ	□＋ア	ア↑**ない**
[其他]	立_た　つ	た**ない**
		立_た　つ
	聞_き　く	か **ない**　　　き ←
	話_{はな}　す	さ **ない**　　　はな す
	買_か　う	わ **ない**　　　か う

1. ない＝　Ｖません

　ない形　の文型　① V₁ないでください

　　　　　　　　② V₁なければなりません・V₁なくてもいいです

Step ①：不規則動詞（する＝しない、くる＝こない）←暗記

Step ②：一段動詞（○　イ＋る　ない）

　　　　　　　　（○　エ＋る　ない）

Step ③：五段動詞　○　ウ→　ア　ない

 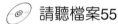 請聴檔案55

動詞種類	辞書形	ない形	動詞種類	辞書形	ない形
五	働く	働かない		書く	
	買う			貸す	
	もらう			持ってくる	
	勉強する			行く	
	見る			始める	
	来る			教える	
	借りる			急ぐ	
	聞く			帰る	
	終わる			吸う	
	読む			起きる	
	出る			立つ	
	乗る			押す	
	忘れる			入れる	
	笑う			入る	

2. ない形を辞書形に

Step ①：不規則動詞（する＝しない、くる＝こない）← 暗記

Step ②：一段動詞（○　イ+~~る~~　ない）

　　　　　　　　　　○　エ+~~る~~　ない

Step ③：五段動詞　○　~~ウ~~→　ア段　ない

練習

動詞種類	ない形	辞書形	動詞種類	ない形	辞書形
五段	書かない	書く		曲がらない	
	借りない			言わない	
	こない			聞かない	
	勉強しない			足りない	
	貸さない			読まない	
	働かない			結婚しない	
	教えない			撮らない	
	出ない			買わない	
	降りない			話さない	
	止めない			終わらない	

二 文型

文型1）禁止

例）たばこを 吸う

… <u>たばこを 吸わないで下さい。</u>

① スイッチを 消す

… ＿＿＿＿＿＿＿＿＿＿＿＿＿＿＿＿＿＿。

② 会議に 遅れる

… ＿＿＿＿＿＿＿＿＿＿＿＿＿＿＿＿＿＿。

③ 会社を 休む

… ＿＿＿＿＿＿＿＿＿＿＿＿＿＿＿＿＿＿。

④ お酒を 飲む

… ＿＿＿＿＿＿＿＿＿＿＿＿＿＿＿＿＿＿。

⑤ ここに 車を 止める

… ＿＿＿＿＿＿＿＿＿＿＿＿＿＿＿＿＿＿。

⑥ 写真を 撮る

… ＿＿＿＿＿＿＿＿＿＿＿＿＿＿＿＿＿＿。

⑦ 傘を 忘れる

… ＿＿＿＿＿＿＿＿＿＿＿＿＿＿＿＿＿＿。

⑧ 心配する

… ＿＿＿＿＿＿＿＿＿＿＿＿＿＿＿＿＿＿。

⑨ 本に 字を 書く

… ＿＿＿＿＿＿＿＿＿＿＿＿＿＿＿＿＿＿。

⑩ お風呂に 入る

… ＿＿＿＿＿＿＿＿＿＿＿＿＿＿＿＿＿ 。

Q：ここで たばこを 吸ってもよろしいですか。

A：

文型2) 必要がない

例) 病院へ 行く

… ＿病院へ 行か なくてもいいです。

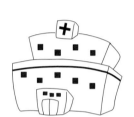

① 名前を 書く

… ＿＿＿＿＿＿＿＿＿＿＿＿＿＿＿ 。

② 靴を 脱ぐ

… ＿＿＿＿＿＿＿＿＿＿＿＿＿＿＿ 。

③ お金を 入れる

… ＿＿＿＿＿＿＿＿＿＿＿＿＿＿＿ 。

④ 今週の週末 残業する

… ＿＿＿＿＿＿＿＿＿＿＿＿＿＿＿ 。

⑤ 毎日 薬を 飲む

… ＿＿＿＿＿＿＿＿＿＿＿＿＿＿＿ 。

⑥ 来月 出張する

… ＿＿＿＿＿＿＿＿＿＿＿＿＿＿＿ 。

⑦ 日曜日 早く起きる

… ＿＿＿＿＿＿＿＿＿＿＿＿＿＿＿ 。

⑧ 暑くないですから、エアコン¹を つける

… ＿＿＿＿＿＿＿＿＿＿＿＿＿＿＿＿＿。

⑨ 会社で英語を 話す

… ＿＿＿＿＿＿＿＿＿＿＿＿＿＿＿＿＿。

⑩ にんじん²を 食べる

… ＿＿＿＿＿＿＿＿＿＿＿＿＿＿＿＿＿。

Q：あした　出かけなければなりませんか。

A：

文型3）必要・必ず

例）10時までに 家へ 帰る

… 10時までに 家へ 帰らなければなりません。

① 8月までに 学費を 払う

… ＿＿＿＿＿＿＿＿＿＿＿＿＿＿＿＿＿。

② あしたまでに レポートを 出す

… ＿＿＿＿＿＿＿＿＿＿＿＿＿＿＿＿＿。

③ 来月　大阪へ 出張する

… ＿＿＿＿＿＿＿＿＿＿＿＿＿＿＿＿＿。

④ 金曜日　残業する

… ＿＿＿＿＿＿＿＿＿＿＿＿＿＿＿＿＿。

1　エアコン　エア・コンディショナー（air conditioner）的縮簡，空調。

2　人参　紅蘿蔔。

⑤ 家で　靴を　脱ぐ

…＿＿＿＿＿＿＿＿＿＿＿＿＿＿＿＿＿。

⑥ 資料を　持っていく

…＿＿＿＿＿＿＿＿＿＿＿＿＿＿＿＿＿。

⑦ 子供も　入場券を　買う

…＿＿＿＿＿＿＿＿＿＿＿＿＿＿＿＿＿。

⑧ 今から　会議に　出席する

…＿＿＿＿＿＿＿＿＿＿＿＿＿＿＿＿＿。

⑨ 6時の電車に　乗る

…＿＿＿＿＿＿＿＿＿＿＿＿＿＿＿＿＿。

⑩ ご飯の前に　薬を　飲む

…＿＿＿＿＿＿＿＿＿＿＿＿＿＿＿＿＿。

Q：日曜日でも　会社へ　行かなければなりませんか。

A：

文型4） 状況説明（1）

例）傘を　持つ・出かける

…傘を　持たないで　出かけます。

① 何も　食べる・病院へ　検査に　いく

…＿＿＿＿＿＿＿＿＿＿＿＿＿＿＿＿＿。

② 日曜日　どこも　出かける・家で　ゆっくりする

…＿＿＿＿＿＿＿＿＿＿＿＿＿＿＿＿＿。

226

③ エレベーターに 乗<small>の</small>る・階段<small>かいだん</small>を 使<small>つか</small>う

…＿＿＿＿＿＿＿＿＿＿＿＿＿＿＿＿＿＿＿＿。

④ ケーキを 買<small>か</small>う・自分<small>じぶん</small>で 作<small>つく</small>る

…＿＿＿＿＿＿＿＿＿＿＿＿＿＿＿＿＿＿＿＿。

⑤ しょうゆを つける・さしみを 食<small>た</small>べる

…＿＿＿＿＿＿＿＿＿＿＿＿＿＿＿＿＿＿＿＿。

Q： 旧<small>きゅう</small> 正月<small>しょうがつ</small>の休暇<small>きゅうか</small>は どこかへ 行<small>い</small>きますか。

A：

文型<small>ぶんけい</small>5） **状況説明<small>じょうきょうせつめい</small>（2）**

例<small>れい</small>） 朝<small>あさ</small>ごはんを 食<small>た</small>べる・出社<small>しゅっしゃ</small>する

…朝<small>あさ</small>ご飯<small>はん</small>を 食<small>た</small>べて 出社<small>しゅっしゃ</small>します。

① ヘルメットを かぶる・オートバイに 乗<small>の</small>る

…＿＿＿＿＿＿＿＿＿＿＿＿＿＿＿＿＿＿＿＿。

② めがねを かける・本<small>ほん</small>を 読<small>よ</small>む

…＿＿＿＿＿＿＿＿＿＿＿＿＿＿＿＿＿＿＿＿。

③ ネクタイを する・会社訪問<small>かいしゃほうもん</small>に いく

…＿＿＿＿＿＿＿＿＿＿＿＿＿＿＿＿＿＿＿＿。

④ ドレスを 着<small>き</small>る・パーティーに 出<small>で</small>る

…＿＿＿＿＿＿＿＿＿＿＿＿＿＿＿＿＿＿＿＿。

⑤ 化粧する・出かける

… _____ 。

Q：毎日　朝ご飯を　食べて、出かけますか。
A：

三 応用会話

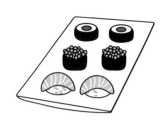

場面：**回転すし屋で**

板前さん：ご注文、どうぞ。

母：ええっと。マグロを　二つ　お願いします。

　　　一つ　わさびを　入れないでください。

板前さん：はい、さび抜きですね。かしこまりました。

母：あっ！すしを　手で触ってはいけません。

子：ごめんなさい。

母：気を　つけてください。

子：わかりました。

板前さん：うなぎは　しょうゆを　つけないで　食べてくださいね。

子：え（え）？？しょうゆを　つけなくてもいいの？

板前さん：はい、味が　ついていますから、つけないで食べたほうが　おいし

　　　　　いですよ。

母：そうですね。そうしましょう。

四 総合練習

練習1) （　　　　）の中から**適当**なことばを**選**んでください。

① きのうの晩　9時（a.まで　b.までに）残業 しました。

② 次の会議（a.まで　b.までに）この資料を 読まなければ なりません。

③ 今月の30日（a.まで　b.までに）お金を 払ってください。

④ この雑誌、金曜日（a.まで　b.までに）借りてもいいですか。

⑤ あさって（a.まで　b.までに）レポートを 出さなければ なりません。

⑥ 9時（a.まで　b.までに）行かなければ なりません。

⑦ 暗くなる（a.まで　b.までに）仕事を 終えたいです。

⑧ 暗くなる（a.まで　b.までに）仕事を 続けました。

⑨ 日本語が 上手になる（a.まで　b.までに）、国へ 帰りたくないです。

⑩ 家族が 日本へ 来る（a.まで　b.までに）、引っ越しします。

練習2) （　　　　）の中から**適当**なことばを**選**んでください。

① 暖かいですから、ヒーターを（a.つけなくてもいいです　b.つけないでください）。

② 日本人のうちで 靴を（a.脱がなくてもいいです　b.脱がなければなりません）。

③ パスポートを（a.なくさ　b.なくし）ないでください。

④ 月曜日　この辞書を（a.返し　b.返さ）なければ なりません。

⑤ 時間が ありますから、（a.急いでもいい　b.急がなくてもいい）です。

230

⑥ あした　日曜日ですから、学校へ（a.き　b.こ）なくても いいです。

⑦ 雨が　降っていますから、傘を（a.忘れて　b.忘れないで）ください。

⑧ 学生は　毎日　学校へ（a.行かなくてもいいです　b.行かなければなり ません）。

⑨ 学生は　日曜日　学校へ（a.行かなくてもいいです　b.行かなければ なりません）。

⑩ 空港で　パスポートを（a.見せなくてもいいです　b.見せなければ　な りません）。

練習3）（　　　　）の中から最も適当なことばを選んでください。

例）友達に（a.会って　b.会う　c.会った）、食事します。

① そんなに（a.急ぎながら　b.急いで　c.急がないで）歩かなくて も、間に合います。

② きのうは　お風呂に（a.入っても　b.入ると　c.入らないで）寝てしま いました。

③ いつも　眼鏡を（a.かけながら　b.かけて　c.かけたら）新聞を　読み ます。

④ もし、私が　遅れたら（a.待たないで　b.待って　c.待つと）先に　行っ てください。

⑤ あそこに（a.座りながら　b.座って　c.座ると）お弁当を　食べましょ う。

⑥ 高雄美術館は 72番のバスに（a.乗りながら　b.乗ると　c.乗って）、三つ目 で降りて、左に あります。

⑦ 電話を（a.かけながら　b.かけて　c.かけたら）話し中でした。

⑧ 彼は いつも（a.勉強 しないで　b.勉強 しなくて　c.勉強 して）遊んでいます。

⑨ きょうは ネクタイを（a.して　b.きて　c.かけて）出かけます。

⑩ 電車を（a.降りて　b.降りた　c.降りる）あとで、忘れ物に 気が つきました。

アクセントの確認

文型1）

① スイッチを けさないでください。

② かいぎに おくらないでください。

③ かいしゃを やすまないでください。

④ おさけを のまないでくだい。

⑤ ここに くるまを とめないでください。

⑥ しゃしんを とらないでください。

⑦ かさを わすれないでください。

⑧ しんぱいしないでください。

⑨ ほんに かかないでください。

⑩ おふろに はいらないでください。

文型2）

① なまえを かかなくてもいいです。

② くつを ぬがなくてもいいです。

③ おかねを いれなくてもいいです。

④ こんしゅうのしゅうまつ　ざんぎょうしなくてもいいです。

⑤ まいにち　くすりを のまなくてもいいです。

⑥ らいげつ　しゅっちょうしなくてもいいです。

⑦ にちようび　はやくおきなくてもいいです。

⑧ あつくないですから、エアコンを つけなくてもいいです。

⑨ かいしゃで えいごを はなさなくてもいいです。

⑩ にんじんを たべなくてもいいです。

文型3）

① はちがつまでに がくひを はらわなければなりません。

② あしたまでに レポートを ださなければなりません。

③ らいげつ　おおさかへ しゅっちょうしなければなりません。

④ きんようび　ざんぎょうしなければなりません。

⑤ いえで くつを ぬがなければなりません。

⑥ しりょうを もっていかなければなりません。

⑦ こどもも にゅうじょうけんを かわなければなりません。

⑧ いまから かいぎに しゅっせきしなければなりません。

⑨ ろくじのでんしゃに のらなければなりません。

⑩ ごはんのまえに くすりを のまなければなりません。

文型4）

① なにも たべないで、びょういんへ けんさに いきます。

② にちようび　どこも でかけないで、うちで ゆっくりします。

③ エレベーターに のらないで、かいだんを つかいます。

④ ケーキを かわないで、じぶんで つくります。

⑤ しょうゆを つけないで、さしみを たべます。

234

<ruby>文型<rt>ぶんけい</rt></ruby>5）

① ヘルメットを かぶって、オートバイに のります。

② めがねを かけて、ほんを よみます。

③ ネクタイを して、かいしゃほうもんに いきます。

④ ドレスを きて、パーティーに でます。

⑤ けしょうして、でかけます。

Unit 14 上司は 今日 来客 が あると言いました。

一 美容院

📀 請聴檔案58

カット（シャンプー・ブロー込み）	￥4,900
学生カット（小・中・高校生まで）	￥3,300
子供カット（幼稚園児まで）	￥2,900
部分カット（シャンプー別）	￥2,900
カラー（根本染め）	￥4,900
カラー（全部染め）	￥6,900
修正カラー（根本染め）	￥6,900
部分カラー	￥2,900
ブリーチ	￥2,900
ハイブリーチ	￥5,900
パーマ（シャンプー・ブロー込み）	￥5,900
水パーマ	￥4,900
デジタルパーマ	￥6,900
ストレートパーマ	￥5,900

☆平成知恵袋　【丁寧体　→　普通体】

	丁寧体	普通体
（現在形）	行きます	行く　　　　（L10）
動詞（現在否定形）	行きません	行かない　　（L13）
（過去形）	行きました	行った　　　（L12）
（過去否定形）	行きませんでした	行かなかった（L14）
※例外（現在形）	あります	ある
（現在否定形）	ありません	※ない
（過去形）	ありました	あった
（過去否定形）	ありませんでした	※なかった
形容詞（現在形）	安いです	安い
（現在否定形）	安くないです	安くない
（過去形）	安かったです	安かった
（過去否定形）	安くなかったです	安くなかった
形容動詞（現在形）	綺麗です	綺麗だ
&名詞（現在否定形）	綺麗じゃありません	綺麗じゃない
（過去形）	綺麗でした	綺麗だった
（過去否定形）	綺麗じゃありませんでした	綺麗じゃなかった

練習　Step ①：動詞、　形容詞、形容動詞・名詞を分ける。

　　　　　　（ます）（い）　（な）　　　（です）

Step ②：現在形、現在否定形、過去形、過去否定形を分ける。

237

練習	（L10）	（L13）	（L12）	（L14）
V、A、NA、N	現在形	現在否定形	過去形	過去否定形
行きます				
泳ぎます				
飲みます				
待ちます				
話します				
あります				
遊びます				
働きます				
大きいです				
暑いです				
いいです				
食べたいです				
難しいです				
きれいです				
元気です				
便利です				
好きです				
休みです				
病気です				
雨です				

二 文型

文型1）動詞の普通形

例）あした・会社・休みます

…あした　会社を 休む。

① きのう・残業しました

…_____。

② あさって、大阪・出張・行きます

…_____。

③ 陳さん・銀行・働いています

…_____。

④ 今度の休み・温泉・行きます

…_____。

⑤ 先週のパーティー・行きませんでした

…_____。

⑥ あした・会議・出席しません

…_____。

⑦ 資料・まだ　送っていません

…_____。

⑧ 道・迷っています

…_____。

⑨ ちょっと　困りました

…_____。

⑩ ゆっくり[1]　食べます

…＿＿＿＿＿＿＿＿＿＿＿＿＿＿。

Q：今日は どんな一日だった？
A：

文型2）い形容詞の普通形

例）きのう、暑かったです

…きのう、暑かった。

① 来年・日本・行きたいです

…＿＿＿＿＿＿＿＿＿＿＿＿＿。

② 旅行・楽しかったです

…＿＿＿＿＿＿＿＿＿＿＿＿＿。

③ バームクーヘン[2]を 食べたいです

…＿＿＿＿＿＿＿＿＿＿＿＿＿。

④ 北海道のミルク・おいしかったです

…＿＿＿＿＿＿＿＿＿＿＿＿＿。

⑤ この時計・高かったです

…＿＿＿＿＿＿＿＿＿＿＿＿＿。

⑥ 先週・とても　忙しかったです

…＿＿＿＿＿＿＿＿＿＿＿＿＿。

1　ゆっくり　慢慢的、好好的。

2　バームクーヘン　baumkuchen（德語）年輪蛋糕。

⑦ 亀ゼリー³・あまり　おいしくないです

…＿＿＿＿＿＿＿＿＿＿＿＿＿＿。

⑧ テスト・全然　難しくなかったです

…＿＿＿＿＿＿＿＿＿＿＿＿＿＿。

⑨ コンサート⁴・とても　よかったです

…＿＿＿＿＿＿＿＿＿＿＿＿＿＿。

⑩ 台東・あまり　寒くなかったです

…＿＿＿＿＿＿＿＿＿＿＿＿＿＿。

Q：先週　仕事は どうだった？
A：

文型3）な形容詞の普通形

例）陳さん・とても　元気です

…陳さんは　とても　元気だ。

① 数学・得意じゃありません

…＿＿＿＿＿＿＿＿＿＿＿＿＿＿。

② 英語・とても　上手です

…＿＿＿＿＿＿＿＿＿＿＿＿＿＿。

③ 料理・苦手です

…＿＿＿＿＿＿＿＿＿＿＿＿＿＿。

3　ゼリー　或ジェリー（jelly）果凍。

4　コンサート　concert 演奏會。

④ きのう、暇でした

… _____ 。

⑤ 京都・にぎやかじゃありません

… _____ 。

⑥ 愛河・きれいじゃありませんでした

… _____ 。

⑦ 彼・ハンサムじゃありませんでした

… _____ 。

⑧ この町・静かでした

… _____ 。

⑨ AKB48・台湾でも人気です

… _____ 。

⑩ NECの製品・有名でした

… _____ 。

Q：子供のとき、どんな子供だった？

A：

文型4）名詞の普通形

例）5年前・学生でした

…5年前、学生だった。

① あした・雨^{あめ}です

… ＿＿＿＿＿＿＿＿＿＿＿＿＿＿＿＿＿＿＿＿。

② 先週^{せんしゅう}・雪^{ゆき}でした

… ＿＿＿＿＿＿＿＿＿＿＿＿＿＿＿＿＿＿＿＿。

③ 鈴木^{すずき}さん・病気^{びょうき}ではありません

… ＿＿＿＿＿＿＿＿＿＿＿＿＿＿＿＿＿＿＿＿。

④ これ・納豆^{なっとう}ではありません

… ＿＿＿＿＿＿＿＿＿＿＿＿＿＿＿＿＿＿＿＿。

⑤ あしたの会議^{かいぎ}・8時^じです

… ＿＿＿＿＿＿＿＿＿＿＿＿＿＿＿＿＿＿＿＿。

Q：5年前^{ねんまえ}に 何^{なに}を していたか。
A：

文型^{ぶんけい}5）伝言^{でんごん}

例^{れい}）上司^{じょうし}・午後^{ごご}　来客^{らいきゃく}が あります

… <u>上司^{じょうし}は 午後^{ごご}　来客^{らいきゃく}が あると</u>言^いいました。

① 鈴木^{すずき}さん・本田^{ほんだ}の車^{くるま}を 買^かいたいです

… ＿＿＿＿＿＿＿＿＿＿＿＿＿＿＿＿＿＿＿＿。

② 社長^{しゃちょう}・今年^{ことし}の利益^{りえき}が すくないです

… ＿＿＿＿＿＿＿＿＿＿＿＿＿＿＿＿＿＿＿＿。

③ 上司^{じょうし}・長^{なが}い休^{やす}みが ほしいです

… ＿＿＿＿＿＿＿＿＿＿＿＿＿＿＿＿＿＿＿＿。

① あした・雨（あめ）です

… ＿＿＿＿＿＿＿＿＿＿＿＿＿＿＿＿＿＿＿＿。

② 先週（せんしゅう）・雪（ゆき）でした

… ＿＿＿＿＿＿＿＿＿＿＿＿＿＿＿＿＿＿＿＿。

③ 鈴木（すずき）さん・病気（びょうき）ではありません

… ＿＿＿＿＿＿＿＿＿＿＿＿＿＿＿＿＿＿＿＿。

④ これ・納豆（なっとう）ではありません

… ＿＿＿＿＿＿＿＿＿＿＿＿＿＿＿＿＿＿＿＿。

⑤ あしたの会議（かいぎ）・8時（じ）です

… ＿＿＿＿＿＿＿＿＿＿＿＿＿＿＿＿＿＿＿＿。

Q：5年前（ねんまえ）に 何（なに）を していたか。
A：

文型（ぶんけい）5）伝言（でんごん）

例（れい））上司（じょうし）・午後（ごご）　来客（らいきゃく）が あります

… 上司（じょうし）は 午後（ごご）　来客（らいきゃく）が あると言（い）いました。

① 鈴木（すずき）さん・本田（ほんだ）の車（くるま）を 買（か）いたいです

… ＿＿＿＿＿＿＿＿＿＿＿＿＿＿＿＿＿＿＿＿。

② 社長（しゃちょう）・今年（ことし）の利益（りえき）が すくないです

… ＿＿＿＿＿＿＿＿＿＿＿＿＿＿＿＿＿＿＿＿。

③ 上司（じょうし）・長（なが）い休（やす）みが ほしいです

… ＿＿＿＿＿＿＿＿＿＿＿＿＿＿＿＿＿＿＿＿。

④ 妻・ハワイ⁵へ 買い物に いきます

… _____。

⑤ 山田さん・今日 早退します

… _____。

⑥ 日本人・ご飯を 食べるまえに 「いただきます」

… _____。

⑦ 太郎・この映画は つまらないです

… _____。

⑧ お客さん・資料 は添付ファイル⁶で 送りました

… _____。

⑨ 先方・値段が 間違っています

… _____。

⑩ 上司・お客さんからのメール⁷を 転送します

… _____。

Q:「いただきます」は台湾語で 何と言いますか。
A:

5　ハワイ　Hawaii 夏威夷。

6　ファイル　file 檔案。

7　メール　mail 郵件。

文型6）内容

例）あした・雨・降りません

…あした　雨が　降らないと　思います。

① 陳さん・帰国しても　日本語を　勉強します

…＿＿＿＿＿＿＿＿＿＿＿＿＿＿＿＿＿。

② 本田の車・若者・人気が　あります

…＿＿＿＿＿＿＿＿＿＿＿＿＿＿＿＿＿。

③ イギリスの紅茶・おいしいです

…＿＿＿＿＿＿＿＿＿＿＿＿＿＿＿＿＿。

④ 日本語能力試験・難しくないです

…＿＿＿＿＿＿＿＿＿＿＿＿＿＿＿＿＿。

⑤ 大阪のたこやき・とても　有名です

…＿＿＿＿＿＿＿＿＿＿＿＿＿＿＿＿＿。

⑥ タイの夏・とても　あついです

…＿＿＿＿＿＿＿＿＿＿＿＿＿＿＿＿＿。

⑦ ニュージーランド[8]の冬・6月からです

…＿＿＿＿＿＿＿＿＿＿＿＿＿＿＿＿＿。

⑧ 有川さん・英語・上手です

…＿＿＿＿＿＿＿＿＿＿＿＿＿＿＿＿＿。

⑨ 日本語の勉強・大変ではありません

…＿＿＿＿＿＿＿＿＿＿＿＿＿＿＿＿＿。

8　ニュージーランド　New Zealand 紐西蘭。

⑩ 来週・鈴木さん・暇ではありません

… ＿＿＿＿＿＿＿＿＿＿＿＿＿＿＿＿＿＿＿。

| Q：日本について、どう思いますか。 |
| A： |

三 応用会話

🔘 請聴檔案59

場面：お母さんと娘さん

（家で）

A：今日は　早いね。

B：ええ、ちょっと　パーマに　行ってくる。

A：えっ、また　行くの？

B：今度は　前髪のパーマだけなの。

A：あまり　無駄遣いしてはいけないよ。

B：それは　わかってる。

　　行ってきます。

A：はい、気を　つけてね。

（美容院で）

C：いらっしゃいませ。

　　きょうは　どうなさいますか。

B：前髪だけパーマを　かけたいです。

C：ほかの部分は　いいですか。全部パーマしたほうが　いいと思いますよ。

B：母は　無駄遣いしてはいけないと言いましたから、今回は　我慢します。

C：はい、わかりました。

四 総合練習

練習1）（　　　）の中から適当なことばを選んでください。

① A：お金が ある？B：ううん、（a.あらない　b.ない）。

② A：泰田さんは 受付に いる？B：（a.いらない　b.いない）

③ A：平成日本語学校の住所を 知っている？

　B：ううん、（a.知っている　b.知らない）。

④ 先生：きのうの試験は 難しかった？

　学生：ええ、（a.難しいでした　b.難しかったです）。

⑤ 社長：パーティーに 行った？

　社員：ええ、（a.行きました　b.行った）。

⑥ A：これは（a.なん　b.なに）？B：MP3です。

⑦ 旅行は 楽しかった（a.けど　b.から）、ちょっと 疲れた。

⑧ A：高嶋さんは 独身ですか？

　B：ううん、（a.結婚している　b.結婚する）。

練 習 2）（　　）の中の動詞を普通形に直して書きなさい。

例）私は　毎日　6時に（起きます…起きる）。

① 陳さんは　日本語が（わかりません…_____）。

② きのう　買い物に（行きませんでした…_____）。

③ 今　何も（欲しくないです…_____）。

④ 水は（大切です…_____）。

⑤ きょうは（いい天気じゃありませんでした…_____）。

⑥ きのうのパーティーは（楽しかったです…_____）。

⑦ あした　家へ　食事に（来ませんか…_____）。

⑧ コンピューターを（持っていますか…_____）。

⑨ 謝先生は　多摩市に（住んでいました…_____）。

⑩ 仕事は　とても（忙しいです…_____）。

☆ 平成補 強 篇

練 習 1)　□ の中から最も適当なことばを選んでください。

① あの人は（　　　　　　）来ると 思います。

② わたしは タイ語が（　　　　　　）わかりません。

③ わたしは りんごより みかんのほうが（　　　　　　）好きです。

④ 朝は 寒かったですが、（　　　　　　）暖かくなりました。

⑤ 私は 小学校から（　　　　　）高雄に 住んでいます。

⑥ 李さんは（　　　　　　）いい人ですね。

⑦ 高雄の物価は（　　　　　　）高くないです。

⑧ （　　　　　）体の調子は どうですか。

⑨ （　　　　　）東京ディズニーランドへ 行きました。

⑩ 日本語が（　　　　　　）上手ではありません。

---

a.だんだん　 b.この 間　　 c.そんなに　 d.きっと　 e.ほんとうに

f.ぜひ　　　 g.ずっと　　 h.全然　　　　 i.たぶん　 j.最近

練習2）（　　　）の中から適当なことばを選んでください。

① 木村さんは きれいです。（a.そして　b.でも）たいへん　いい人です。

② テレビを 見ました。（a.それから　b.でも）寝ました。

③ 遊びに 行きたいです。（a.そして　b.でも）時間が ありません。

④ きのう　お酒を たくさん 飲みました。（a.けれども　b.ですから）頭が 痛いです。

⑤ あした　10時（a.ごろ　b.くらい）来てください。

⑥ 松本さんは 肉を（a.とても　b.たくさん）食べます。

⑦ 木村さんは（a.とても　b.たくさん）忙しいです。

⑧ あしたは（a.ぜひ　b.きっと）雨が 降ると 思います。

⑨ 来週の試験は（a.そんなに　b.一度も）難しくないです。

⑩ 今晩（a.だんだん　b.たぶん）雨が 降ります。

練習 3)　囗の中から最も適当なことばを選んでください。

① A：マリアさん、元気がありませんね。

　　B：ええ、（　　　　　）きのうから のどが 痛くて、熱も 少し ありま

　　　　す。

② もう　11月です。これから（　　　　　）寒くなります。

③ あの人は 中国人ですから、（　　　　　）漢字が わかります。

④ （　　　　）日本へ 来ました。

⑤ もう　9時ですね。（　　　　　）失礼します。

⑥ あしたは 日曜日ですから、うちで（　　　　　）休みます。

⑦ 用事が ありますから、（　　　　　）事務所へ 来てください。

⑧ もう、レポートを 書きましたか。

　　…いいえ、まだです。（　　　　　）書きます。

⑨ 字を（　　　　　）きれいに 書いてください。

⑩ 富士山へ 行ったことが ありません。（　　　　　）行きたいです。

---

a.もちろん　b.実は　　　c.ぜひ　　　　d.だんだん　e.初めて

f.これから　g.そろそろ　h.ゆっくり　i.すぐ　　　　j.もっと

252

アクセントの確認

💿 請聽檔案60

文型1）

① きのう、ざんぎょうした。

② あさって　おおさかへ　しゅっちょうに　いく。

③ ちんさんは　ぎんこうで　はたらいている。

④ こんどのやすみに　おんせんに　いく。

⑤ せんしゅうのパーティーに　でなかった。

⑥ あしたのかいぎに　しゅっせきしない。

⑦ しりょうは　まだ　おくっていない。

⑧ みちに　まよっている。

⑨ ちょっと　こまった。

⑩ ゆっくり　たべる。

文型2）

① らいねん　にほんへ　いきたい。

② りょこうは　たのしかった。

③ バームクーヘンを　たべたい。

④ ほっかいどうのミルクは　おいしかった。

⑤ このとけいは　たかかった。

⑥ せんしゅう　とても　いそがしかった。

⑦ かめぜりーは　あまり　おいしくない。

⑧ テストは ぜんぜん　むずかしくなかった。

⑨ コンサートは とても　よかった。

⑩ たいとうは あまり　さむくなかった。

文型3）

① すうがくは とくいじゃない。

② えいごは とても　じょうずだ。

③ りょうりは にがてだ。

④ きのう、ひまだった。

⑤ きょうとは にぎやかじゃなかった。

⑥ あいかわは きれいじゃなかった。

⑦ かれは ハンサムじゃなかった。

⑧ このまちは しずかだった。

⑨ AKB４８は たいわんでも　にんきだ。

⑩ NECのせいひんは ゆうめいだった。

文型4）

① あした　あめだ。

② せんしゅう　ゆきだった。

③ すずきさんは びょうきじゃない。

④ これは なっとうじゃない。

⑤ あしたのかいぎは はちじだ。

文型5）

① すずきさんは　ほんだのくるまを　かいたいといいました。

② しゃちょうは　ことしのりえきが　すくないといいました。

③ じょうしは　ながいやすみが　ほしいといいました。

④ つまは　ハワイへかいものに　いくといいました。

⑤ やまださんは　きょう　そうたいするといいました。

⑥ にほんじんは　ごはんを　たべるまえに「いただきます」といいます。

⑦ たろうは　このえいがは　つまらないといいました。

⑧ おきゃくさんは　てんぷファイルで　おくったといいました。

⑨ せんぽうは　ねだんが　まちがっているといいました。

⑩ じょうしは　おきゃくさんからのめールを　てんそうするといいました。

文型6）

① ちんさんは　きこくしても　にほんごを　べんきょうするとおもいます。

② ほんだのくるまは　わかものに　にんきが　あるとおもいます。

③ イギリスのこうちゃは　おいしいとおもいます。

④ にほんごのうりょくしけんは　むずかしくないとおもいます。

⑤ おおさかのたこやきは　とても　ゆうめいだとおもいます。

⑥ タイのなつは　とても　あついとおもいます。

⑦ ニュージーランドのふゆは　6がつからだとおもいます。

⑧ ありかわさんは　えいごが　じょうずだとおもいます。

⑨ にほんごのべんきょうは　たいへんじゃないとおもいます。

⑩ らいしゅう、すずきさんは　ひまじゃないとおもいます。

Unit 15 彼女は かわいくて、親切です。

一 喫茶店のメニュー

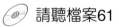 請聴檔案61

ドリンク（ホット・アイス）		飲料
紅茶（ミルク・レモン）	400円	紅茶（牛奶・檸檬）
ロイヤルミルクティー	500円	皇家奶茶
ストレートコーヒー	400円	咖啡
ブレンドコーヒー	450円	招牌咖啡
カプチーノ	500円	卡布奇諾
カフェラテ	580円	拿鐵
エスプレッソ	420円	濃縮咖啡
カフェモカ	500円	摩卡
キャラメルマキアート	550円	焦糖瑪奇朵
オレンジジュース	400円	柳橙汁
グレープフルーツジュース	400円	葡萄柚汁
ジンジャーエール	350円	薑汁汽水
コーラ	350円	可樂
サンドイッチ		三明治
照り焼きチキンサンド	800円	照燒三明治
チキン＆ベーコンサンド	750円	雞肉培根三明治
野菜サンド	600円	蔬菜三明治
卵サンド	550円	雞蛋三明治

デザート		甜點
ワッフル（チョコレート・あずき）	550円	鬆餅（功克力、紅豆）
チーズケーキ	400円	起司蛋糕
ショートケーキ	450円	鮮奶油蛋糕
ショコラケーキ	420円	巧克力蛋糕
シフォンケーキ （抹茶・紅茶・チョコレート・プレーン）	500円	戚風蛋糕 （抹茶、紅茶、巧克力、原味）
アップルパイ	650円	蘋果派
フルーツタルト（アップル・バナナ）	550円	水果塔（蘋果、香蕉）
キャラメルプリン	400円	焦糖布丁
スコーン （生クリーム・ストロベリージャム）	350円	司康 （鮮奶油，草莓果醬）

二　文型

文型1）い形容詞、な形容詞の接続

例1）彼・優しい・親切です

…彼は　優しくて親切です。

例2）彼・親切・優しい

…彼は　親切で優しいです。

① ラーメン・味が　濃い・おいしい

…＿＿＿＿＿＿＿＿＿＿＿＿＿＿。

② 高雄・にぎやかです・きれいです

…＿＿＿＿＿＿＿＿＿＿＿＿＿＿。

③ 花蓮・緑が　多い・静か

…＿＿＿＿＿＿＿＿＿＿＿＿＿＿。

④ この電子辞書・便利です・軽い

…＿＿＿＿＿＿＿＿＿＿＿＿＿＿。

⑤ この部屋・狭い・暗い

…＿＿＿＿＿＿＿＿＿＿＿＿＿＿。

⑥ 陳さん・料理が　得意です・英語が　上手

…＿＿＿＿＿＿＿＿＿＿＿＿＿＿。

⑦ 太郎・背が　高い・髪が　黒い

…＿＿＿＿＿＿＿＿＿＿＿＿＿＿。

⑧ 沖縄・海が　きれいです・人が　親切です

…＿＿＿＿＿＿＿＿＿＿＿＿＿＿。

⑨ 北海道・人が 少ない・冬が 寒い

…_____。

⑩ 東京・交通が 便利・物価が 高い

…_____。

Q：高雄は どんな町ですか。

A：

文型2）名詞の接続

例）彼・29歳です・独身です

…彼は 29歳で、独身です。

① 彼は 日本からの派遣員です・短期滞在です

…_____。

② 陳さん・留学生・院生

…_____。

③ マリーさん・OL・独身

…_____。

④ 神谷さん・サラリーマン・東京出身

…_____。

⑤ HS社・日系企業・自動車部品会社

…_____。

作文：私は　　　　　で、　　　　　です。

文型3）い形容詞、な形容詞の接続

例1）富士山・日本で 一番高い・立派・山

…富士山は 日本で 一番高くて、立派な山です。

例2）高雄・にぎやか・人が 多い・町

…高雄は にぎやかで、人が 多い町です。

① これ・新しい・便利・携帯

…＿＿＿＿＿＿＿＿＿＿＿＿＿＿＿。

② 私・静か・小さい・掃除機が ほしい

…＿＿＿＿＿＿＿＿＿＿＿＿＿＿＿。

③ これ・甘い・おいしい・ケーキ

…＿＿＿＿＿＿＿＿＿＿＿＿＿＿＿。

④ ポチ・かわいい・賢い・犬

…＿＿＿＿＿＿＿＿＿＿＿＿＿＿＿。

⑤ ブランド[1]品・高い・かばんを 買いました

…＿＿＿＿＿＿＿＿＿＿＿＿＿＿＿。

Q：どんな車が ほしいですか。

A：

---

[1] ブランド　brand 名牌貨。

文型4）修飾語（1）

例）赤いセーター²を 着ています・鈴木さん

…あの赤いセーターを 着ている人は 鈴木さんです。

① 黒い靴を 履いています・山田さん

… _____ 。

② 大阪に 住んでいます・森さん

… _____ 。

③ 新聞を 読んでいます・社長

… _____ 。

④ 今晩・友達と 食事します・約束が ある

… _____ 。

⑤ 毎日 朝ごはんを 食べます・時間が ない

… _____ 。

⑥ 日本語を 使います・仕事を したい

… _____ 。

⑦ ユーモア³が わかります・人が 好き

… _____ 。

⑧ 会議に 出席します・人は 何人

… _____ 。

⑨ 初めて ご主人に 会いました・所は どこ

… _____ 。

2　セーター　　sweater 毛衣。

3　ユーモア　　humour 幽默。

⑩ 陳さんが 生まれました・町は どこ

… _____ 。

Q：日本語の先生は どの方ですか。

A：あの

文型5）修飾語（2）

例）これ・大阪で 撮りました・写真

…これは 大阪で 撮った写真です。

① これ・日本で 買いました・お土産

… _____ 。

② これ・お客さんに 送ります・サンプル⁴

… _____ 。

③ これ・携帯電話を 入れます・ケース⁵

… _____ 。

④ 鈴木さん・旅行に 行きません・人

… _____ 。

⑤ 泰田さん・電子辞書を 買いました・人

… _____ 。

4　サンプル　sample 樣品。

5　ケース　case 盒子。

Q：野球は 誰でもできるスポーツですか。

A：

文型6）時点

例1）日本へ 行きます・パイナップルケーキ⁶を 買います

…日本へ 行くとき、パイナップルケーキを 買います。

例2）日本へ 行きました・煎餅を 買います

…日本へ 行ったとき、煎餅を 買います。

① 道を 渡ります・車に 注意します

…＿＿＿＿＿＿＿＿＿＿＿＿＿＿＿。

② 家へ 帰りました・「ただいま」と言います

…＿＿＿＿＿＿＿＿＿＿＿＿＿＿＿。

③ 家を 出ます・「いってきます」と言います

…＿＿＿＿＿＿＿＿＿＿＿＿＿＿＿。

④ ご飯を 食べます・「いただきます」と言います

…＿＿＿＿＿＿＿＿＿＿＿＿＿＿＿。

⑤ 寝ます・電気を 消します

…＿＿＿＿＿＿＿＿＿＿＿＿＿＿＿。

⑥ 眠いです・コーヒーを 飲みます

…＿＿＿＿＿＿＿＿＿＿＿＿＿＿＿。

⑦ 暇です・本を 読みます

…＿＿＿＿＿＿＿＿＿＿＿＿＿＿＿。

6　パイナップルケーキ　鳳梨酥。

⑧ 言葉が わかりません・辞書を 調べます

…＿＿＿＿＿＿＿＿＿＿＿＿＿＿＿＿＿＿＿＿＿。

⑨ 学生・アルバイト[7]を しました

…＿＿＿＿＿＿＿＿＿＿＿＿＿＿＿＿＿＿＿＿＿。

⑩ お客さんに 連絡します・メモ[8]を 準備します

…＿＿＿＿＿＿＿＿＿＿＿＿＿＿＿＿＿＿＿＿＿。

作文：ごはんを食べるとき、何と言いますか。

　　　食べたとき、何と言いますか。

7　アルバイト　arbeit（德語）打工。

8　メモ　memo 記事簿。

三 応用会話
おうようかいわ

🖸 請聴檔案62

場面：会社の休憩室で
ばめん　　かいしゃ　きゅうけいしつ

A：素敵なかばんですね。
すてき

B：ええ、これは、先月　日本へ　行ったとき、買ったものです。
せんげつ　にほん　い　か

A：私も　軽くて、ポケット⁹が　多いかばんが　ほしいです。
わたし　かる　おお

B：そうですね。ポケットが　あるかばんは　便利で、いいですね。
べんり

A：今日　着ている服に　とても　お似合い¹⁰ですよ。
きょう　き　ふく　にあ

B：ありがとう。いつも　どこで　買い物を　していますか。
か　もの

A：だいたい　伊勢丹デパートで　買い物しますが、ときどき、下北沢へ
いせたん　か　もの　しもきたざわ

　　も　行きます。
い

B：いいですね。今度　行くとき、誘ってください。
こんど　い　さそ

A：はい、素敵で、おしゃれ¹¹な店を　案内します。
すてき　みせ　あんない

B：楽しみです。
たの

---

⁹　ポケット　　pocket 口袋，袋子。

¹⁰　お似合い　適合您。
にあ

¹¹　おしゃれ　　（な形容詞）時髦。

265

四 練習問題

練習1）（　　　　）の中から適当なことばを選んでください。

① 陳さんは（きれいです…　　　　　　　　　）、親切です。

② このパソコンは（軽いです…　　　　　　　　　）、便利です。

③ このかばんは（大きいです…　　　　　　　　　）、重いです。

④ ハンバーグは（肉の料理です…　　　　　　　　　）、おいしいです。

⑤ ここは（有名なお寺です…　　　　　　　　　）、庭が きれいです。

⑥ これは（安いです…　　　　　　）、いい電子辞書です。

⑦ 小村さんは 歌が（好きです…　　　　　　　　）、とても 上手です。

⑧ 森さんは 頭が（いいです…　　　　　　　）、親切です。

⑨ あの店は（広いです…　　　　　　）、（明るいです…　　　　　　　　）、
きれいです。

⑩ 京都は（緑が多い…　　　　　　　　）、静かです。

練習2）（　　　　）の中から適当なことばを 選んでください。

① 来年 国へ（a.帰る　b.帰った）とき、お土産 たくさん 買います。

② 病院へ（a.行く　b.行った）とき、保険証を 忘れないでください。

③ 病院へ（a.行く　b.行った）とき、医者に 話してください。

④ 日本へ（a.行く　b.行った）とき、いっぱい写真を 撮りました。

⑤ 日本へ（a.行く　b.行った）とき、中華航空で 来ました。

⑥ ごはんを（a.食べる　b.食べた）とき、はしを 使います。

⑦ 信号を （a.渡る　b.渡った） とき、気を つけましょう。

⑧ 道が （a.わかった　b.わからない） とき、駅の人に 聞いてください。

⑨ 京都へ （a.行く　b.行った） とき、この写真を 撮りました。

⑩ （a.眠い　b.眠く） とき、顔を 洗います。

⑪ （a.暇の　b.暇な） とき、遊びに 来てください。

⑫ （a.学生の　b.学生） とき、あまり 勉強しませんでした。

⑬ 朝　早く （a.起きる　b.起きた） とき、散歩に 行きます。

⑭ 初めて　富士山を （a.見る　b.見た） とき、本当に 綺麗な山だと 思いました。

⑮ パスポートを （a.なくした　b.なくす） とき、どうしますか。

⑯ 日本人のうちへ （a.行った　b.行く） とき、お土産を 持って行きます。

⑰ 人に （a.会った　b.会う） とき、「おはようございます」と 言います。

⑱ きのう、（a.寝た　b.寝る） とき、窓を 閉めました。

⑲ 母は 本を （a.読んだ　b.読む） とき、めがねを かけます。

⑳ 私 が （a.結婚した　b.結婚する） とき、祖母は 泣きました。

アクセントの確認

文型1）

例1）かれは やさしくて しんせつです。

例2）かれは しんせつで やさしいです。

① ラーメンは あじが こくて、おいしいです。

② たかおは にぎやかで、きれいです。

③ かれんは みどりが おおくて、しずかです。

④ このでんしじしょは べんりで、かるいです。

⑤ このへやは せまくて、くらいです。

⑥ ちんさんは りょうりが とくいで、えいごが じょうずです。

⑦ たろうは せが たかくて、かみが くろいです。

⑧ おきなわは うみが きれいで、ひとが しんせつです。

⑨ ほっかいどうは ひとが すくなくて、ふゆが さむいです。

⑩ とうきょうは こうつうが べんりで、ぶっかが たかいです。

文型2）

例）かれは にじゅうきゅうさいで、どくしんです。

① かれは にほんからのはけんいんで、たんきたいざいです。

② ちんさんは りゅうがくせいで、だいがくいんせいです。

③ マリーさんは OLで、どくしんです。

④ かみやさんは サラリーマンで、とうきょうしゅっしんです。

⑤ HSしゃは にっけいきぎょうで、じどうしゃぶひんのかいしゃです。

文型3）

例1）ふじさんは　にほんで　いちばんたかくて、りっぱなやまです。

例2）たかおは　にぎやかで、ひとが　おおいまちです。

① これは　あたらしくて　べんりなけいたいです。

② わたしは　しずかで　ちいさいそうじきが　ほしいです。

③ これは　あまくて　おいしいケーキです。

④ ポチは　かわいくて　かしこいいぬです。

⑤ ブランドひんで　たかいかばんを　かいました。

文型4）

例）あのあかいセーターを　きているひとは　すずきさんです。

① くろいくつを　はいているひとは　やまださんです。

② おおさかに　すんでいるひとは　もりさんです。

③ しんぶんを　よんでいるひとは　しゃちょうです。

④ こんばん　ともだちと　しょくじするやくそくが　あります。

⑤ まいにち　あさごはんを　たべるじかんが　ありません。

⑥ にほんごを　つかうしごとを　したいです。

⑦ ユーモアが　わかるひとが　すきです。

⑧ かいぎに　しゅっせきするひとは　なんにんですか。

⑨ はじめて　ごしゅじんにあったところは　どこですか。

⑩ ちんさんが　うまれたまちは　どこですか。

文型5)

例）これは おおさかで とった しゃしんです。

① これは にほんで かった おみやげです。

② これは おきゃくさんに おくる サンプルです。

③ これは けいたいでんわを 入れる ケースです。

④ すずきさんは りょこうに いかない ひとです。

⑤ たいださんは でんしじしょを かった ひとです。

文型6)

例1）にほんへ いくとき、パイナップルケーキを かいます。

例2）にほんへ いったとき、せんべいを かいます。

① みちを わたるとき、くるまに ちゅういします。

② うちへ かえったとき、ただいまと いいます。

③ うちを でるとき、いってきますと いいます。

④ ごはんを たべるとき、いただきますと いいます。

⑤ ねるとき、でんきを けします。

⑥ ねむいとき、コーヒーを のみます。

⑦ ひまなとき、ほんを よみます。

⑧ ことばが わからないとき、じしょを しらべます。

⑨ がくせいのとき、アルバイトを しました。

⑩ おきゃくさんに れんらくするとき、メモを じゅんびします。

付録（一）動詞：
<ruby>付録<rt>ふろく</rt></ruby>

	ます形	辞書形	意味
1	あいます	会う	見面
2	あげます	あげる	給
3	あそびます	遊ぶ	遊玩
4	あたります	当たる	中…
5	あつめます	集める	收集
6	あびます	浴びる	淋浴
7	あみます	編む	編織
8	あらいます	洗う	洗
9	あります	ある	有
10	あんないします	案内する	導覽
11	いいます	言う	說
12	いきます	行く	去
13	いそぎます	急ぐ	急、趕
14	います	いる	在、有
15	いれます	入れる	放入
16	うたいます	歌う	唱歌
17	うまれます	生まれる	出生
18	うります	売る	賣
19	うんてんします	運転する	開車
20	おきます	置く	放置
21	おくります	送る	送
22	おくれます	遅れる	遲到
23	おしえます	教える	教
24	おします	押す	壓

	ます形	辞書形	意味
25	おぼえます	覚える	記
26	およぎます	泳ぐ	游泳
27	おります	降りる	下車
28	おわります	終わる	結束
29	かいます	買う	買
30	かえます	変える	變
31	かえります	帰る	回家
32	かきます	書く	寫
33	かけます	掛ける	掛
34	かします	貸す	借出
35	かたづけます	片付ける	整理
36	かぶります	かぶる	戴
37	かよいます	通う	通勤、通學
38	かります	借りる	借入
39	ききます	聞く	聽
40	きます	来る	來
41	きります	切る	切、剪
42	けします	消す	消除、關
43	けしょうします	化粧する	化妝
44	けっこんします	結婚する	結婚
45	けんがくします	見学する	參訪
46	こまります	困る	困惑
47	さそいます	誘う	邀請
48	さわります	触る	碰
49	ざんぎょうします	残業する	加班
50	しつもんします	質問する	發問

	ます形	辞書形	意味
51	します	する	做
52	しゅっせきします	出席する	出席
53	しゅっちょうします	出張する	出差
54	しゅっぱつします	出発する	出發
55	じゅんびします	準備する	準備
56	しらべます	調べる	調査
57	しります	知る	知曉
58	しんぱいします	心配する	擔心
59	すいます	吸う	吸
60	すてます	捨てる	丟
61	すみます	住む	住
62	すわります	座る	坐
63	せんたくします	洗濯する	洗衣
64	そうじします	掃除する	打掃
65	そうたいします	早退する	早退
66	そつぎょうします	卒業する	畢業
67	だします	出す	交出
68	たちます	立つ	站
69	たべます	食べる	吃
70	たります	足りる	足夠
71	ちゅういします	注意する	警告
72	ちょきんします	貯金する	存款
73	つかいます	使う	使用
74	つきます	付く	附著
75	つくります	作る	製作
76	つけます	付ける	附加

	ます形	辞書形	意味
77	つとめます	勤める	上班
78	でかけます	出かける	出門
79	できます	出来る	會
80	てつだいます	手伝う	幫忙
81	でます	出る	出來
82	てんそうします	転送する	轉寄
83	とまります	泊まる	住宿
84	とめます	止める	停
85	とります	取る	取
86	ならいます	習う	學習
87	にゅうがくします	入学する	入學
88	ぬぎます	脱ぐ	脱
89	ねます	寝る	睡覺
90	のぼります	登る	爬
91	のみます	飲む	喝
92	のりかえます	乗り換える	換車
93	のります	乗る	乘坐
94	はいります	入る	進入
95	はきます	履く	穿
96	はたらきます	働く	工作
97	はなします	話す	談話
98	はらいます	払う	付錢
99	ひきます	弾く	彈
100	ひるねします	昼寝する	午睡
101	ふりこみます	振り込む	匯款
102	ふります	降る	下雨

	ます形	辞書形	意味
103	べんきょうします	勉強する	學習
104	まちがえます	間違える	搞錯
105	まよいます	迷う	迷路
106	みがきます	磨く	刷、磨
107	みせます	見せる	讓人看
108	みます	見る	看
109	もじばけします	文字化けする	亂碼
110	もちます	持つ	拿、持有
111	もっていきます	持って行く	拿去
112	もらいます	もらう	得到
113	やすみます	休む	休息
114	よびます	呼ぶ	呼叫
115	よみます	読む	讀
116	よやくします	予約する	預約
117	わかります	分かる	了解
118	わすれます	忘れる	忘掉
119	わたります	渡る	渡過
120	わらいます	笑う	笑

付録（二）い形容詞：

ふろく

	い形容詞	漢字	意味
1	あおい	青い	藍色
2	あかい	赤い	紅色
3	あかるい	明るい	明亮的・開朗的
4	あたたかい	温かい・暖かい	溫溫的・暖和的
5	あたらしい	新しい	新的、新鮮的
6	あつい	暑い・厚い	熱、厚
7	いい	良い	好的
8	いそがしい	忙しい	忙碌
9	いたい	痛い	痛
10	うれしい	嬉しい	開心、高興
11	うらやましい	羨ましい	羨慕
12	おいしい	美味しい	好吃
13	おおい	多い	多
14	おおきい	大きい	大
15	おもい	重い	重
16	おもしろい	面白い	有趣
17	かしこい	賢い	聰明
18	かっこいい	格好いい	帥、好看
19	かるい	軽い	輕的、輕浮
20	くらい	暗い	暗、陰沈
21	くろい	黒い	黑的
22	さびしい	寂しい	寂寞
23	さむい	寒い	寒冷
24	すくない	少ない	少的

	い形容詞	漢字	意味
25	すずしい	涼しい	涼的
26	せまい	狭い	窄
27	たかい	高い	高、貴
28	たのしい	楽しい	快樂
29	ちいさい	小さい	小
30	つめたい	冷たい	冰冷
31	ながい	長い	長的
32	ねむい	眠い	想睡
33	はやい	早い・速い	早、快
34	ひくい	低い	低矮
35	ひろい	広い	寬廣
36	ふるい	古い	舊的
37	ほしい	欲しい	想要
38	まずい	まずい	難吃
39	みじかい	短い	短的
40	むずかしい	難しい	困難
41	やさしい	優しい・易しい	溫柔、簡單
42	やすい	安い	便宜
43	わかい	若い	年輕
44	わるい	悪い	壞的

付録（三）な形容詞：

	な形容詞	漢字	意味
1	おしゃれ	お洒落	時尚
2	かんたん	簡単	簡單
3	きらい	嫌い	討厭
4	きれい	綺麗	美麗、漂亮、乾淨
5	げんき	元気	有活力
6	しずか	静か	安靜
7	じゃま	邪魔	妨礙
8	じょうず	上手	厲害
9	しんせつ	親切	親切
10	しんぱい	心配	擔心
11	すき	好き	喜歡
12	すてき	素敵	很棒
13	たいせつ	大切	很重要
14	たいへん	大変	很辛苦
15	とくい	得意	拿手
16	にがて	苦手	不拿手
17	にぎやか	賑やか	熱鬧
18	ハンサム	ハンサム	帥
19	ひま	暇	閒暇
20	ふくざつ	複雑	複雜
21	へた	下手	不厲害
22	べんり	便利	方便
23	ゆうめい	有名	有名

國家圖書館出版品預行編目資料

平成式　日本語學習～N5／謝凱雯，陳志坪
著．－－三版．－－臺北市：五南圖書出版
股份有限公司，2023.08
面；　公分
ISBN 978-626-366-373-2（平裝）

1.CST: 日語　2.CST: 讀本

803.18　　　　　　　　　　112011939

1XOR

平成式　日本語學習～N5

作　　　者 ― 謝凱雯、陳志坪

發 行 人 ― 楊榮川

總 經 理 ― 楊士清

總 編 輯 ― 楊秀麗

副總編輯 ― 黃文瓊

責任編輯 ― 吳雨潔

封面設計 ― 童安安、陳亭瑋

出 版 者 ― 五南圖書出版股份有限公司

地　　　址：106台北市大安區和平東路二段339號4樓

電　　　話：(02)2705-5066　　傳　　真：(02)2706-6100

網　　　址：https://www.wunan.com.tw

電子郵件：wunan@wunan.com.tw

劃撥帳號：01068953

戶　　　名：五南圖書出版股份有限公司

法律顧問　林勝安律師

出版日期　2014年1月初版一刷
　　　　　2017年9月初版三刷
　　　　　2019年9月二版一刷
　　　　　2023年8月三版一刷

定　　　價　新臺幣450元

經典永恆・名著常在

五十週年的獻禮——經典名著文庫

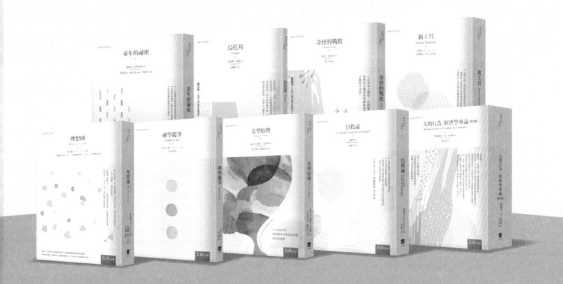

五南，五十年了，半個世紀，人生旅程的一大半，走過來了。

思索著，邁向百年的未來歷程，能為知識界、文化學術界作些什麼？

在速食文化的生態下，有什麼值得讓人雋永品味的？

歷代經典・當今名著，經過時間的洗禮，千錘百鍊，流傳至今，光芒耀人；

不僅使我們能領悟前人的智慧，同時也增深加廣我們思考的深度與視野。

我們決心投入巨資，有計畫的系統梳選，成立「經典名著文庫」，

希望收入古今中外思想性的、充滿睿智與獨見的經典、名著。

這是一項理想性的、永續性的巨大出版工程。

不在意讀者的眾寡，只考慮它的學術價值，力求完整展現先哲思想的軌跡；

為知識界開啟一片智慧之窗，營造一座百花綻放的世界文明公園，

任君遨遊、取菁吸蜜、嘉惠學子！